どこにもない13月をきみに

灰芭まれ

STARTS
スターツ出版株式会社

私の毎日は、巻き戻しと、再生。その繰り返し。
朝になると、勝手に再生した映像が流れ始める。
そして眠りについている間に、巻き戻しが行われているのだ。

毎日、毎日、同じ景色。

何度も何度も繰り返し流しているせいで、映像は擦《す》り切れて劣化《れっか》が進む。
景色はいつだってくすんでいる。時々混じるノイズは、しょせん雑音だ。

そんな日々を生きる私の前に現れたのは、ひとりの幽霊さんだった。

目次

どこにもない13月をきみに

第1話　どこにでもある日常

机の上に頬杖《ほおづえ》をつく。特に意味もなく窓から見える景色を眺めていた。

「片瀬《かたせ》、次の文読んで訳して」

がさついた低い声が私の名前を呼んだ。教卓の上に英語の教科書を広げた三浦《みうら》先生が私を見ている。私は自分の机の上の教科書に視線を落とす。

この教室にいる全員が同じ教科書を広げている。でも、たぶん、私の教科書が一番価値がない。教科書が、じゃなくて価値を見出せないのは、私自身なのだけれど。

『次の文』って、どの次?

授業が始まってから同じページを開きっぱなしだった教科書。授業の記憶を引っ張り出そうにも、それさえもできない。窓の外をぼんやり眺めていたのだから、自業自《じごうじ》得《とく》といえばその通りだ。

沈黙《ちんもく》が続く教室。先生の視線がよりいっそう厳しくなるけれど、その重苦しい空気にさえも、私の心は震えない。私は教科書のページを探すことを諦め、隣の席の美奈《みな》に小声で問いかける。

「次って、どこ?」

美奈は少し戸惑ったように、私と先生を交互に見た。それから、先生から顔を背《そむ》けて私のほうへとそっと身体を寄せると同時にささやく。

「一五二ページの三行目、〝I can find it nowhere.〟だよ」

ページのイラストが見えるように、教科書を見せて教えてくれた美奈。私は彼女に「ありがとう」と早口で言い、ページをめくる。みんなと同じところまでたどり着き、すぐさま指定された英文を読み上げる。

その後に、英文のすぐ下に自分の筆跡《ひっせき》で書かれた日本語も続けた。昨夜に予習をしていて良かったと、この時ばかりは思った。

「〝それはどこにも見つからない〟」

私の答えに、先生は少し間を空けた後、うなずく。

先生が黒板に顔を向けると、私は美奈にもう一度、視線を流す。

「ありがとね」

小さな声で、それでもはっきりと伝えると、美奈は笑ってうなずいてくれる。そんな美奈を見て、私はホッと胸を撫で下ろす。

——良かった。こんな作り笑いでも受け入れてくれて。

先生は、黒板に筆圧《ひつあつ》の強い殴り書きをしながら説明を加えていく。

「Nowhere——〝どこにも〜ない〟の語源はNo+Whereで……」

白いチョークが黒板に打ちつけられる音。板書《ばんしょ》を淡々とノートに書き写し、【No+Where】とノートに書き込む。

先生の声が鼓膜《こまく》を叩く。聞こえているけれど、頭には残らない……というよりも、聞く気がないといったほうが正しい。

ふたたび頬杖をついて、窓の向こうの景色を見ると、先生の声が瞬《またた》く間にＢＧＭに切り替わった。

真っ青な空に、雲が伸びている。風で木々が揺れるたびに、緑の葉が枝から落ちて、つかの間の自由と終わりの狭間《はざま》を行き来しながら地面へと向かう。

冷房のために閉め切った窓。蝉《せみ》の鳴き声はガラス一枚分、くぐもって聞こえる。

もうすでに、夏の扉は誰かのノックによって開かれていた。今年は例年と比べて梅雨明けがとても早かった。じめじめする梅雨は苦手だから早いに越したことはないが、暑い時期が長いかと思うとそれはそれで目を細めたくなった。

三階建ての校舎から見える町並み。電柱ばかりが連なる道。広い田畑の間に、ちょこん、ちょこん、と建つ家々。遠くを見れば、古びたショッピングモール。

ビルなんてないこの町では、家よりも大きな建物はすべて目立つ。

近場で遊べる場所はカラオケに、小さなゲームセンター、安さが売りのファミレス。

電車だって、本数が少なければ車両も少ない。バスだって全然通っていないし、かといって自転車で遊びに行ける範囲は限られている。

ため息をこぼし、ぐるりと教室の中を見回した。

私と同じ高校二年生が詰め込まれた空間の中で、私だけが取り残されているような感覚に陥《おちい》った。

季節は変わる。周りも変わる。

でも、私の日々は、いつだって同じ。


「安澄《あずみ》、購買一緒に行こう」

明るい声が上から降ってきた。慌てて窓のほうに向けていた顔を上げた先には、美奈と雪菜《ゆきな》ちゃんが隣同士で立っていた。私を見下ろす、その四つの瞳は溢れんばかりの輝きを放っている。

瞳に映る私は、輝いてなんかいないけれど――。

すらりと背の高い美奈は私を見下ろし、はにかむ。サバサバした性格で、そこらへんの男子より男らしい。美奈とは出身中学はちがうけれど、ふたりとも中学時代にバレーボール部に入っていて、大会で顔を合わせていたので、高校に入ってすぐに仲良くなったのだ。

美奈は現在もバレーボール部に所属している。

雪菜ちゃんは、背が小さく、ショートボブがよく似合う。いつもにこにこしていて、控えめなところが男女共に人気の理由だ。

私の机の横に引っかけたスクールバッグの中には、今日も母が作ったお弁当が入っている。けれど、私は少し開いたバッグの隙間に手を突っ込み、ランチバッグを手の甲で押しのけて、財布《さいふ》を抜き取った。

「うん。行く。今日はパンの気分」

わざと明るい声を腹の底から引っ張り出す。母の手作り弁当を、高校の昼休みに机の上に広げたことは一度もない。

雪菜ちゃんが「私もパン」と言いながら私の手を取った。美奈はきっと今日も唐揚《からあ》げ弁当だ。

隣を歩く美奈にさっきのお礼を伝える。

「英語のときは本当に助かった。ありがとね」

美奈は背が高くて雪菜ちゃんは小動物のように小さい。そして平均そのものの私。三人で並ぶと、よく『大中小』なんて言われる。

「全然いいって。もう安澄、気にしすぎ」

けらけら笑い飛ばす美奈。雪菜ちゃんが「でもさー」と柔らかな声を出す。

「安澄ちゃん本当に頭いいよね。授業、いっつも上の空なのに、先生に指されたらすらすらって答えちゃうんだもん」

雪菜ちゃんの言葉に、美奈も深くうなずく。私は引きつりそうになる笑顔をなんとか持ちこたえた。

すらすら。そう思われる裏側で、私は毎日、莫大《ばくだい》な時間を勉強に費《つい》やしている。なんのためなのかは、私が一番わかっていないんだけれど。

私が本当に頭が良かったのなら、こんな学校になんて来ていない。

中学、高校と、受験に失敗するたびに両親の期待を嫌悪《けんお》し、出来の良い妹を嫌悪し、なによりも、自分自身を嫌悪してきた。

期待に応えられるような人間ではないことに苛立《いらだ》ちながらも、プライドだけは一丁前にあって、出来が悪いのを隠すように無気力で冷めたふりをしている。

そんな私にとって、美奈と雪菜ちゃんはとても眩《まぶ》しい。今を謳歌《おうか》することに全力で、その輪の中に当たり前のように私を誘ってくれる。

三人で購買に向かうために廊下を歩いていれば、いきなりガラッと大きな音を立てて二年四組の教室扉が開いた。ちょうどそのすぐ横を歩いていた雪菜ちゃんが、驚いたように肩を上げた。

姿を現したのは、Yシャツに体操着のズボンとなんとも奇妙な格好《かっこう》をした男子生徒。彼は驚いたままの雪菜ちゃんに片手を上げながら、「よう、笹村《ささむら》」と声をかけた。それから思い出したように続ける。

「そういえばお前、心霊《しんれい》スポット行かないんだって？　なんでだよ」

私は、男子生徒の『心霊スポット』という言葉にほんの少しだけ好奇心が疼《うず》いてしまう。夏が近づくと、自然と怖い話を耳にする機会が増える。

つまらなさそうに瞳を細める男子に、雪菜ちゃんはめずらしく大きな声を返した。

「絶対行かない！　とりつかれても知らないからね」

真剣な雪菜ちゃんに、男子生徒は「あっそ」とつぶやき、一度だけ眉《まゆ》をきつくひそめた。

それから男子生徒は教室のほうを振り返り、「笹村は怖くて行けねーってさ」と笑いながら言う。それに反応したのは、教室の中からこちらを見ていた三人の男子だ。

ふたりのやり取りを眺めながらきょとんとする私たちに、雪菜ちゃんは子供のように唇《くちびる》を尖《とが》らせた。

「アイツ、同じ中学なんだよね。昨日いきなり【心霊スポット行こう】って連絡が来てさ」

私も美奈もうなずきながら、先ほどのふたりのやり取りの経緯《けいい》を飲み込んでいく。

雪菜ちゃんはキッと瞳を細めると、唇を尖らせたまま続ける。

「心霊スポットに行くなんてありえないよね？　昨日の心霊番組のせいだよ、絶対。幽霊《ゆうれい》が出るって有名なトンネルに行こうってしつこくて」

そう言って怒りながら、半分本気で怖がっているような雪菜ちゃん。

私も昨日の心霊番組は観た。いくつかぞっとする話はあったけれど、正直どれも作り物だと思っている。

今まで生きてきて幽霊が視えたこともなければ、気配を感じたこともない。怖い話は時々無性に聞きたくなるけど、幽霊は信じていない。

「幽霊なんていないから大丈夫だって」

笑い飛ばす私に続いて、美奈も一緒に「いるわけないって」と笑う。

でも、雪菜ちゃんは少しだけ肩を落としながら「そうかな」なんて幽霊信じる派の発言。

「私はそういう噂が立つ場所には行けない。いわくつきの団地とか、自殺名所の雑木《ぞうき》林《ばやし》とか、トンネルとか、公衆電話とか――」

私は、頭の中でひとつの単語を繰り返した。

――公衆電話。

聞き慣れたホラーワードに交ざる、ひと昔前の公共のものに引っかかる。

べつにあってもおかしくはないけれど、気になる。なんで、わざわざ公衆電話？もっといろいろあるだろうに。

「公衆電話？」

何気なくそう言って首を傾《かし》げれば、雪菜ちゃんはなぜか声をひそめて美奈を間に挟んだまま、私に近づく。

「なんかね、雲井駅《くもいえき》の近くにある公衆電話がやばいんだって」

雲井駅は、高校の最寄り駅からふたつ離れた駅。ふたつ離れたからといって特に変わらず、田舎だ。

そんなところでなぜ、公衆電話。第一、スマホが当たり前の時代に公衆電話なんて、よほどのことがない限り使わないだろう。

冷静に脳内処理する私とは反対に、雪菜ちゃんはさらにひとりで勝手に怖がり始める。

「その公衆電話に十一桁《けた》の番号が書かれてるらしいんだけど、そこにかけると女の人の呻《うめ》き声がするとか、電話ボックスから出られなくなるとか、その後ずっと自分のスマホに電話がかかってくるとか——ああ、もうやめようこんな話」

雪菜ちゃんは、ひそひそと話していたが、限界を超えたのかいきなりいつもの調子に戻った。私はそんな彼女に笑って、相づちを打っていたけれど、内心はその噂の公衆電話とやらに興味津々だった。

でも、これ以上、怯える雪菜ちゃんに聞くなんてことはできない。話を明るい方向へと持っていこうとして、先ほどの不格好な男子生徒が頭に浮かんだ。

「さっきの人、雪菜ちゃんのこと好きだよね？」

「それ、私も思った！」

私の言葉を、嬉々《きき》としながら肯定する美奈。雪菜ちゃんはふたたび驚いたように肩を上げ、慌ててスカートのポケットからハンカチを取り出した。

ぱたぱたとハンカチを団扇《うちわ》代わりにする雪菜ちゃんにさらに詰め寄る美奈。

うさぎとニンジンの刺繍《ししゅう》が入ったハンカチは子供向けだ。タオル生地のそれは使い古したように、ところどころほつれが見える。でも、優しい匂いがしそうなハンカチだった。雪菜ちゃんのお気に入りらしい。

女子トークを繰り広げるふたりを眺めながら、私の頭の中には〝公衆電話〟という存在がじわりじわりと広がっていた。

いや、行かないけど。だって絶対誰かの作り話だし。そんなもの見に行くためにわざわざ電車賃使うよりも、高いアイスを買ったほうがいいし。

そう、自分に言い聞かせた。

第2話　夜空の星が私を見た日

家に帰ってすぐ、ラフな服に着替える。

自分の部屋に入ると窓が開いていて、朝寝起きの形がそのまま残っているはずの布団は綺麗《きれい》に整えられていた。もわん、と暑さのこもった部屋から熱気が逃げていく。その代わりに、私の心にはひどく重たい靄《もや》が広がった。

「勝手に部屋に入らないでよ」

苛立ちを口にしながら一階に下り、Yシャツと靴下を洗濯機《せんたくき》に投げ捨てる。

「安澄、ただいまくらい言いなさい！」

そんな私に、母がリビングからきつい声を飛ばした。私は、いきなりのことに一瞬身を固めたけれど、振り返ることなく返事もせず、階段を上がって自分の部屋に入った。

ばたん、と扉を閉める。部屋の中だけが自分の居場所であり、私の城だ。

ここだけが本当の私でいられる場所。

開け放たれた窓から蝉の鳴き声を連れた風が吹き込んでくる。生温い風が頬にぶつかると、夏の緑が喜んでいるような匂いがした。

私は、スクールバッグから教科書とノート、筆記用具とランチバッグを取り出す。一切手をつけていないから、ずしりと重い。さらに保冷剤の入れすぎでいつも冷たい。

今日も、四限の後に足した保冷剤。うちの学校の武道館には製氷機《せいひょうき》があり、夏になると暑さしのぎのために、美奈と雪菜ちゃんとここの氷を調達しに行く。私は製氷機にこっそりと保冷剤を入れて置き、そのうちのいくつかをランチバッグに入れるのだ。

お昼に食べなかったお弁当が、傷んで食べられなくなってしまわないように。

二段弁当を開けると一段目にはふりかけのかかったごはん。二段目にはだし巻き卵にタコさんウィンナー、胡麻和《ごまあ》えに、ブロッコリーとトマトと小さなハンバーグ。やけにかわいいバランやシリコンカップは母が買ったものだ。冷たい胡麻和えを口に運ぶ。食べ慣れた味に特に感動はない。

咀嚼《そしゃく》しながら、なんでこんなことをしているんだろうと考える。

母にお弁当を作ってほしいとは頼んでいない。朝起きて家を出る前にいつも渡されるから、受け取るだけ。

空になったお弁当箱を流し台に置く。そしたら翌日には綺麗に洗われて、中身の詰まったお弁当箱を渡される。その、繰り返し。

母にお弁当をいらないと言えない。かといって中身を捨てることもできない。

購買のパンも、母の作ったお弁当も、今の私には無味《むみ》だった。

両親とはここ二年ほど、ろくに口を利《き》いていない。利く必要がないからだ。

私の思いなんてふたりには届かないと思い知った〝あの日〟から、私にとって、伝える行為や望みは、ただただ自分が傷つくだけだと理解した。

うちの両親は自分が敷いたレールの上を子供が歩くことだけが目的なんだろうな、と思った。それが歩けるなら誰でもいいんじゃないか。むしろ自分よりも、期待通りに歩ける他人のほうが両親には望まれているんじゃないかと思うと、とたんにすべてがバカバカしく思えてしまったのだ。

お腹の中に、ごはんを詰め込む作業を終える。

それでも私は、母親にお弁当がいらないとは言えないし、父親に反抗するだけの強さもない。出来が悪いことは自分自身が一番わかっているのだ。

勉強よりもやりたいこともなければ、とことん反抗して自分の道を貫くような根性もない。しょせん、なにをしてもやっても、中途半端にしかなれないのなら、親の言う通りにレールの上を歩いているほうが楽だと思った。

私は勉強机に腰かけ、テキストに取りかかる。好きでやってるわけじゃない。目標があってやってるわけじゃない。

『いい高校に行きなさい』

『いい大学に行きなさい』

『いいところに就職しなさい』

勉強中に思い出すのは、今まで両親に言われ続けてきた言葉だけだ。そこに、私の意思はない。

数学の問題集を解く。答え合わせをしている時に、バツがつく。バツが増えるたびに、私の心の中にもバツが増える。最後の大きな問題に、バツがついた。その瞬間に、心の奥を引っかき回されるような記憶が蘇る。

外ではなにもないふりができるのに。自分の部屋にこもって、自分自身を見つめようとすると、私の中に大きなノイズが広がる。

この二年間、何度も何度も、幾度となく再生された記憶。どんなに映像が擦り切れようとも、ノイズを起こそうとも、その映像を再生するたびに、痛感《つうかん》する胸の痛みだけはいつだって鮮明だった。

どんなにがんばったって、私は両親の期待には応えられないし、妹の引き立て役にしかなれない。中学受験に失敗して、高校受験も失敗して、それでもいい大学、いい会社と言われ続け、私はいつだって「できない」ものの数を数えられていた。

勉強ができない。運動ができない。愛想《あいそ》よくできない。

やればできるなんて言うけれど、できる人とできない人では、その「やる」時間に膨大《ぼうだい》な差が生まれるのだ。妹なら潜在的《せんざいてき》な能力が高いからすぐにできることも、私は一生懸命、全力で一つひとつこなしていかなければ、できるようにはならない。

見えない蜘蛛《くも》の糸のようなものが、音もなく首の周りに絡《から》みついていくような感覚。

何重にもくくられて息苦しくなる――。

重たいため息をこぼすと、目がテキストを正確に捉えられなくなる。ぼんやりとくすんでいく視界を誤魔化《ごまか》すように目を閉じた。

私は、徐々に鮮明になっていくノイズに堪《た》え切れなくなって椅子から立ち上がり、振り向いて裸足で二歩進む。

窓から見える景色は目を細めたくなるような眩しさ。

真っ青な空に、真っ白な雲。立派に緑を生やす木々に、どこからか聞こえる小学生の笑い声。犬の鳴き声。

当たり前の毎日の中でいきいきと過ごす生命の中に、私はいない。

前のめりでベッドに倒れ込んだ。一度だけ大きく波打ったベッドはすぐに元に戻って私はそっと目を閉じる。

大きく空気を吸い込んだ。鼻に流れ込んでくるのは、よく陽に照らされたお布団の匂いだった。

耳から滑り込んでくる繰り返しの毎日に紛《まぎ》れる音。その音がやがて離れて、意識が薄らいでいく。

巻き戻しの時間だ。そう思った時には私は眠りについていた――。

足先が寒さに震えて、目を覚ました。目を覚ましてから、寝てしまっていたことに気がついた。

「……さむ」

夢はとても暖かかったのにな、と目を細めた。いつもとちがって、さっき見た夢は懐かしい気持ちになった気がした。

身体を起こすと、外はずいぶんと色を変えていた。青々とした空は赤い空に追いかけられて、深い紺色《こんいろ》がすべてを飲み込むように今を覆っている。

夏といってもこの間梅雨明けしたばかりなのだから、不安定な暑さを振り回しているだけだ。夜も蒸し暑くなる時期はもう少しだけ先。

窓を閉めようと取っ手に手をかけた時、

「安澄は？」

「また部屋に引きこもってる」

母と父の声が下から聞こえた。一階のリビングの窓も開けているのだろう。ふたりの声が二階の私にまではっきり届く。

すぐに閉めればいいのに、私は思わず手を止めてしまった。

「もうすぐ試験だろ。その勉強でもしてるんじゃないか」

父の淡々とした声。そこに母の声が重なる。

「三年生で進学クラスに上がれたらいいんだけど。進学の子たちのほうがいい大学の推薦《すいせん》もらえるじゃない？」

母は誰よりも不安そうな声を漏《も》らす。早く窓を閉めればいい。そう思っているのに、私はまばたきを繰り返すだけだ。母の言葉を少し責めるような口調で、父が言う。

「普通に受験すればいいだろう。推薦なんかに頼らずに、安澄の実力で行けばいい」

——私の力だからダメだったんじゃないか！

冷えたのは足先だけだったはずだ。でも、いつの間にか心の芯にまで、冷たさが浸《しん》透《とう》していた。

「でも、ほら、高校受験の時みたいなこともあるのよ」

——高校受験。

母が何気なく口にした四文字を耳にしたとたん、私は勢いよく窓を閉めた。

バン、と大きな音を立てる。私がふたりの会話を聞いていたと気づけばいい。そう思ったけれど、あまりにもちっぽけな反抗は自分が惨《みじ》めになるだけだった。

冷静さが失われていく。それぐらい私にとって嫌な言葉だった。

空になったお弁当箱が虚《むな》しい。なんのために、ひとりで隠れてこれを食べたのだろう。

乱暴にお弁当箱を手に取る。どたどた、と音を立てて階段を下りて、台所に直行する。流し台に向かって放るようにお弁当箱を手から離すと、荒々しい音が響いた。

身勝手な自分に、さらに苛立ちが膨《ふく》らんだ。

振り返ると、ちょうど母が姿を見せ、何事もなかったかのように口を開く。

「安澄、佳澄《かすみ》が帰ってくるまで夕飯待っててね。どう？　勉強ははかどってる？」

そう言う母からすぐに目を逸《そ》らし、ぐつぐつと心の中で煮えだぎる思いに蓋《ふた》をする。

沸騰《ふっとう》したそれが蓋を揺らすたびに、私の眉間《みけん》にはシワが寄っていく。

母に答えることなく、無言で玄関に向かって歩く。

視界の端に一瞬映ったリビングには、父がいた。向こうも私に気がついたようだ。

「安澄！」

遠くから母に名前を呼ばれたけれど、聞こえないふりをした。また、蓋が揺れる。

ぐつぐつぐつぐつ。

母が後ろから追ってきたけれど振り返らずに、私はサンダルに足を突っ込んだ。

「どこ行くの？　もう外、暗いでしょう」

どうしてそんなことを聞くのだろう。どこまで私を自分の思い通りにすれば満足するのだろう。

私の部屋に勝手に入って。私の未来に勝手に入って。私の過去を簡単に口にして。

言葉を返さない私に、母は「はーっ」とため息をつく。苛立ちという焚火《たきび》に薪《まき》を放り込まれた気分だ。

母が父を呼びにリビングに戻ると、その隙に私はドアノブに手を掛けた。

ふと、靴箱の上に飾られたものが視界に入り込んだ。

輝かしい賞状やメダル、トロフィーの数々。その栄誉《えいよ》に刻まれる名前はほとんどが妹のものだ。

私の名前はたったひとつ。小さい頃に英会話教室でもらった、手作り感満載《まんさい》の賞状だけ。『マジックスマイル賞』なんて、色文字ででかでかと書かれている。

くだらない。

佳澄の名が刻まれた堂々とした賞状の中に紛れるそれは、ひどく格好悪くて、まるで今の私みたいだった。

「安澄、こんな時間にどこに行くんだ」

父の声が背中にぶつかったけれど、私は無言のまま躊躇うことなく家を出た。


ようやく冷静さを取り戻した頃、私は電車に揺られていた。

考えもせずに飛び乗った電車の同じ車両には、帽子《ぼうし》を被《かぶ》ったおじいさんと、四十代くらいの女性と、私だけ。これからどこに行こうかなと頭の中で地図を広げた。

家を出てきた理由を少なからず話さなければならないから、友達の家はすぐに候補から外した。今の私には、どうしてもうまく誤魔化せる気がしなかった。

コンビニには長時間いられない。カラオケにひとりで行くにも気が引ける。ファミレスも同じ理由で却下。そもそも同級生や知り合いと鉢合《はちあ》わせするのを避けたかった。

田舎は家出するにもデメリットばかりだ。

知っている人がいないところ。ひとりでいても平気なところ。時間を潰《つぶ》せるところ。

ふと、昼休みに聞いた雪菜ちゃんの言葉を思い出す。


『なんかね、雲井駅の近くにある公衆電話がやばいんだって』


ちょうどいい。今から行ってみようか。

時間つぶし、話のタネ。幽霊なんていないと当たり前に思う自分への、わずかな肯定のため。もしかしたら、という水一滴にも満たない期待と好奇心《こうきしん》も混じっている。

それらを差し押さえるくらい、頭の真ん中に居座ったもの。

それはさっき見た夢だった。太陽の香りを吸い込みながら見た、夢。

でも夢は、その足跡を追いかけようとすればするほど崩れ落ちていく。形を変え、色を変え、すべてを変える。いつの間にか、夢は思い込みにすり替わる。

そんな中でも、おぼろげな夢の輪郭《りんかく》をなぞろうと試みる。

陽だまりの中で、私の手は小さかったように思う。今の私とは比べ物にならないほど、なにも考えずにニコニコ笑っていた小さな私。

側には私以外の誰かがいた。誰かは重たい表情で、悲しそうな色をしていた。それでも私が笑うと、その誰かも笑った。

それが誰かは、わからない。でも、記憶が曖昧《あいまい》になっていく中で、その子は男の子で、彼の大きな目には、笑顔を浮かべる私が映っているのがわかった。

そして、笑った男の子の後ろには公衆電話があったのだ。

車内に流れるアナウンスと共に、電車の扉が自動で開く。

雲井駅だ。私は慌てて、電車を降りた。降りたのは私ひとりだけ。無人の改札を抜けて、公衆電話を探しながら歩きだす。

夢はその日にあった出来事を脳内が処理している時に見るものだってどこかで聞いたことがある。だから、きっとあの夢にも深い意味なんてない。

無意識に見上げた空は、深い紺色に無数に輝く星たち。小学生の頃にさんざん星座の勉強をしたはずなのに、今の私にはただの星にしか見えない。

歩くとカエルの鳴き声が耳をくすぐった。聞こうとすると、騒がしい。でも雑音に紛れ込んだものだと思うと、なんとも思わなくなるから不思議だ。

私の足音と、時々、大きく吐き出す息の音。カエルの鳴き声。風の音。自動販売機が唐突にうなる音。

駅の近くなのに、全然車も走っていなければ、人の通りもない。あるのはシャッターの下りたお店がちらほら。どこをどう切り取っても、田舎町。

近頃は雲井駅なんてめったに来ないけれど、幼い頃は祖母の家があったから、しょっちゅう訪れては、あちこち歩き回っていたことを思い出す。妹と一緒によく預けられていたのだ。

たしか週に一度だけ、祖母の家から通っていた英会話教室もこのあたりだったはずだ。

祖母は私が小学三年生の時に他界《たかい》してしまって、家ももう残っていない。英会話も祖母の葬儀《そうぎ》の後、すぐに辞めた。中学生になってしばらくしてから、英会話教室がなくなったことを聞いたのだけれど、英会話の先生たちも今はどうしているのかわからない。

昔はこの寂しい場所でさえ、私の目には宝石のように輝いて見えていたのだ。それは幼い頃に見た幻の輝きなのか、今の私の瞳が単に汚れて映りが悪くなってしまったからなのかはわからない。

「……公衆電話なんてないじゃん」

誰もいないのをいいことにひとり言をこぼす。

一度、立ち止まってから、とりあえず交差点のほうに歩きだす。

公衆電話を探しつつ、スマホの画面を開いた。ＳＮＳで同い年の女の子が都会の生活を当たり前のように過ごしているのを見ては、ため息。

もしも私が都会に生まれていたら。別の家庭に生まれていたら。妹の佳澄に生まれていたら。現状から目を背けるように、逃避《とうひ》に走る。

そんなことをいくら考えても仕方のないことだというのはわかっている。わかっていても考えてしまうくらいに、私は今の私が嫌で嫌で仕方なかった。

おしゃれなスイーツビュッフェの写真を眺め、ふとスマホから顔を上げる。

誰もいない道路の先にある信号が色を変える。闇の中、眼を光らせた野良猫がのたのた歩く。その横に古びた煙草《たばこ》の自動販売機とシャッターの下りたお店。人が住んでいるかもわからない庭付きの一軒家を通り過ぎ、横断歩道にたどり着いた。

「あ」

横断歩道の向かいに、それはあった。

「あった」

一軒家の敷地から無造作《むぞうさ》に伸び切った木々に覆われるように、ぽつん、と佇《たたず》んでいる公衆電話。そこに向かって、ゆっくりと歩みを進める。

透明な電話ボックスは、長年そこに建っていた証拠だろうか。白い傷や全体的にくすんだ汚れなどがあり、暗闇の中でも古さが見て取れた。ボックスの上に設置されている蛍光灯《けいこうとう》もちかちかと切れかけていて、見るからに不気味だ。

公衆電話の横には、なにかを擦《こす》ったような跡。

以前は電柱か、木でもあったのだろうか。そのすぐ横の白いガードレールが大きくへこんでいて、無数の傷と歪《ゆが》みで新しい怪物のように見えた。

狭いボックス内は、大人ふたりが限界だろう。緑色の公衆電話が一台、その下には小さなカウンターの上に無造作に置かれた分厚い電話帳。

いたって普通の公衆電話だと思う。

幽霊なんていない。その考えは変わっていない。でも水一滴分だったはずの期待と好奇心は、水溜《みずたま》り程度には大きくなっていた。

怖がったら霊は寄ってくると、どこかで聞いた話を思い出し、普段通りの動きで扉に手を掛けた。

幽霊なんて信じていないのに、霊が近づかないように注意を払っているなんて、自分の矛盾《むじゅん》に恥ずかしくなる。

中に入ろうとして、念のためパッと振り返って周りに誰もいないことを確認する。

視界に入る限り、人の気配はまったくなかった。車すら通っていない。

そっと中に足を踏み入れると、勝手に閉まる扉に左足を挟む。雪菜ちゃんの言葉を思い出しながら、〝ある番号〟を探した。

目線の斜め上の青い看板から、ボックス内をぐるりと見回したがそれらしきものは見当たらない。ゆっくりと、扉に挟んでいた左足を離したが扉が閉まる気配はない。壊れているのだろうか。どちらにせよ、私にとっては好都合だ。

その時、自分でも気づかぬうちにふたたび後ろを振り向いていた。脳裏に、幽霊のテンプレートが思い浮かんでしまったのだ。じっと私を背後から見つめる白い服を着た髪の長い女。

だけど、振り返った先にはそんな女はいない。ホッと胸を撫で下ろしながらも、一度、そういった想像をしてしまうと、胸が異常な速さで動き、呼吸は浅く速くなってしまう。

ふーっと息を吐いて、あらためて公衆電話に向き直る。と、公衆電話の受話器の下に黒の油性ペンで十一桁の数字が書かれているのを見つけた。

これか、と単純に見つかった感想が落ちる。それと同時に雪菜ちゃんの話がとたんに現実味を帯びて、背筋にぞわっと悪寒《おかん》が駆け抜けた。

『その公衆電話に十一桁の番号が書かれてるらしいんだけど、そこにかけると女の人の呻き声がするとか、ボックスから出られなくなるとか、その後ずっと自分のスマホに電話がかかってくるとか――』

頭の中でかけるか、かけないかを天秤《てんびん》に掛ける。メリット、デメリットをいくつか挙げて、重みの勝ったほうがこれからの私の行動として実行されるのだ。

だが、その天秤を無意味にしてしまうのが、好奇心というものだった。かけてみよう、と受話器を手に取った。その瞬間。

「……ずっと、待ってたよ……」

私の耳元で、そう誰かがささやいた。それは、白い服を着た髪の長い女よりももっとずっと低い、男の声だった。

身体が一気に強張る。金縛《かなしば》りにあったように、時が止まったように。吸い込んだ息をそのまま吐き出せずに固まった。

気のせいか、公衆電話で笑う私と男の子の夢がフラッシュバックした。男の子が、私に向かって口角を上げて、そのまま口を開いて、そうして消えた。

声なんて聞こえるはずがない、となんとか冷静さを取り戻し、気のせいだと言い聞かせた。

「……なんてね」

――なのに、流れ星のように気まぐれに、笑い声が落とされた。

その瞬間、私は我に返り、振り向いた。本能で逃げようと後退《あとずさ》る。とにかく誰かから距離を取るために逃げた先は、電話ボックスの壁だった。

ゴン、と鈍い音が脳内で響く。それと同時に脳みそが揺れるような感覚。視界がぐらついて、後からぶつけた痛みが徐々《じょじょ》に襲ってくる。

自業自得なのに、痛みで涙がじんわりとにじんだ。無意識に後頭部を両手で押さえる。

声にならない声を吐き出すと、心臓がこれでもかと命の主張を始める。

どく、どく、と心臓が鳴る。全身を駆け巡る血が熱を帯びたように、私の身体は隅々《すみずみ》まで熱くなった。

まばたきを繰り返す。涙で覆われた瞳が、目を閉じるたびにクリアになっていく。

五度目のまばたきのその先で。

――ひとりの男が私を見つめていた。

公衆電話の開き切った扉の前に立っていた男と瞳が初めて交わった。

ばち、と小さな火花が散るように、男の瞳は強く輝いていた。

挑発的《ちょうはつてき》な微笑みを浮かべた男。

見た目は若く、二十歳になるかならないかくらいだろう。色が白く、人工的に作られた茶色に染まる髪。左耳の軟骨《なんこつ》にピアスが輝いている。こんな田舎にはいないようなタイプだ。

垢《あか》抜けていて、おしゃれな雰囲気がにじみ出ている。

「俺が視《み》えるんだね」

中性的な顔立ちに反して、声は明るさを孕《はら》みつつも低い。男は、未だに口元に笑顔を携《たずさ》えている。

私は、現状を掴み切れていない。後頭部が痛いので、とりあえず今起きている出来事は夢じゃない。わかるのはたったそれだけ。

目の前の男は誰。逃げるべきか。どうやって逃げるか。追いかけてきたらどうするか。次の電車はいつ来るのか。

目まぐるしく現状打破《げんじょうだは》の計画を立て始める。

でも、私の瞳は目の前の男だけを映して一瞬たりとも逸らすことができなかった。

「きみも、公衆電話の噂を聞いて来たんでしょ？」

小首を傾げて男が笑う。猫のように、わずかに吊り上がった目尻が垂れる。

いつの間にか私の目の前に立つ男。

黒のロングTシャツに、黒のスキニー。黒のスニーカー。上から茶、白、黒、黒、黒。

冷静にそんな分析をする自分自身に絶句《ぜっく》する。人間は、あまりにも唐突な問題が起こると、どうでもいいことに意識が向くらしい。

「俺の噂にあやかったのかなんなのか知らないけど、そこに電話かけても繋がるのはただの人間だよ。生身のね」

ただただ呼吸を繰り返す私を、楽しそうに眺めながらそうつぶやく男。

俺の噂ってなに。俺が視えるってなに。あんた、誰。

考えれば考えるほど、答えは沼の底に沈んでいく。唇を固く結び、観察するように、威嚇《いかく》するように、目を細めて男を見つめる。

それなのに、男はそんな私の顔を見て、ふふんと鼻で笑った。バカにするようなその笑いに不服の思いを込めて、私は眉間にシワを寄せた。

不意に、男の顔が私の顔に近づき思わず息が止まる。

脳裏に浮かぶのは、ニュースの数々。ひっきりなしに日常に流れ込む物騒《ぶっそう》な事件がいくつも蘇る。逃げなきゃと思うのに、足は一向に動かない。

男は、星を詰め込んだような夜空と同じ色の瞳を、ふっと細めた。その目と同じように、彼の口元も柔らかく緩む。人懐っこい笑顔。

男は私の瞳の中をじっと覗き込む。それから男は少しだけ驚いたように目を見開いた。

「すげえ!　ちゃんときみの瞳には、俺が映るんだ」

感嘆《かんたん》とこぼされた声。突拍子《とっぴょうし》もない言葉に、身体いっぱいに詰め込んだ力が私から抜け落ちた。

じっと、男は嬉しそうに私の瞳を見つめている。

しばらくして男の顔が私の顔から離れると、男は、私に背中を向け、歩きだす。ボックスから出た男は月の光によく照らされている。

妙な圧迫《あっぱく》から解放された私がその背中を眺めていると、男はゆっくりと振り返り、私を見つめた。

——誰ですか？

そう訊ねようと口を開く。でも、それを男の声が遮《さえぎ》った。

「あ、ご挨拶《あいさつ》遅れました。俺は、幽霊です」

目を見張る。全身が震えた。背中から、手の指先から、足先から。

目の前の男が幽霊かどうかを信じる、信じないの前に私の身体は震えていた。

——どうしよう。

その瞬間、突然私のスマホが音を奏でた。聞き慣れたその音に、かろうじて平常心を取り戻す。

輝きを詰め込んだ男の瞳から目を逸らすと、私はうつむいたまま、走り出した。その先なんて考えるよりも先に、足が動き出していた。

勢いよく電話ボックスを飛び出す。

「あ、おい！」

男の声が追いかけてくる。うつむいた視界に、男の手が見えた。私に手を伸ばすように近づく。掴まれても勢いよく振り切るつもりで構わず走り続けた。

男の手が私の腕《うで》に——。

……触れることはなかった。

でも、本来ならば、触れているはずだった。

結果的に、彼の手は私の腕をすり抜けた。そういうことだ。

第3話　足跡の先に運命

三日間、考え続けた。それでも、明確な答えは出そうになかった。

無意識にため息がこぼれる。

机の上にのせたスクールバッグ。その上に、頭を預けた。頬には、ごつごつ、とした感触。筆箱に、教科書に、ノート、お弁当箱が入っているのだから仕方ない。

「ねえ、安澄、本当になんかあった？」

美奈は私の髪を指先でいじりながら、そう言った。帰りのHR《ホームルーム》が始まる前のつかの間。帰りの支度を終えた美奈は私の元に来ていた。

顔を上げて、美奈を見る。

心配そうな美奈の顔を見るのは、今日で三日目。つまり、私は公衆電話に足を運んでからずっと友達に心配されるような顔をしていたのだ。

一瞬だけ、口から〝公衆電話〟とこぼしそうになった。喉《のど》の奥にその言葉を押し込め、代わりにかぶりを振る。

「ううん。なんでもない」

言ってしまえば、今よりも気持ちは晴れるのかもしれないけれど、言えなかった。言ってしまおうと思うたびに、必ず思い出すのだ。

あの、星を詰め込んだような夜空色の瞳を。

美奈は「ふうん……」と納得はしていない様子で鼻を鳴らす。何気ない声のトーンを心がけた美奈がさらに探りを入れてくる。

「進路で悩んでるとか？」

それから「ほら、こないだ、進路調査票もらったじゃん」と付け足す。

美奈に言われてからそういえばと思い出す。ファイルに挟んだきり、その存在を忘れ去っていたのだけど、私はいい口実ができたと、美奈に顔を向け、「うん」とうなずいた。すると美奈はとたんに笑顔を浮かべる。

その場しのぎの嘘をついてしまったことにチクリ、と胸が痛んだ。でも。

「やっぱりね！　安澄は頭いいから上の大学とか余裕でしょ？」

屈託《くったく》のない笑顔でそう言った美奈の言葉に、ぴくり、と顔が固まった。

余裕ってなに。頭いいって、なにそれ。

一瞬だけ両親と美奈が重なって、苛立ちが湧き上がる。誰にも気づかれないように、余裕だと思われるように勉強をがんばっているのは自分なくせに、そのまま素直に受け取る美奈に腹が立つなんて、お門違《かどちが》いなこともわかっている。

わかっているのに、本当の私をわかってもらえないことに、ひどく苛立ってしまった。

そんな私に気がつかずに、美奈は相談に乗れることが嬉しいのか、嬉々《きき》として口を開く。

「私なんて受験勉強したくないから、専門か就職でいいやーって思っちゃってるしなあ。進路調査票にもね、【今のことでいっぱいいっぱいだから先のことなんてわからない】って適当に書いて怒られたし。親にも好きにしろって放任されちゃってるよ」

恥ずかしそうに笑う美奈。いつもだったらそれが美奈のおちゃらけたところだって、私も一緒になって笑えるのに、ちっとも口角が上がらなかった。むしろ、ますます苛立ちが募る。

私は進路調査票に、そんなこと書けない。少しでも内申《ないしん》を上げたいから、適当なことなんてできないし、少しでもいいところに行くために今を消費することしかできない。

親に好きにしろって言ってもらえることだって、自分の進路を好きに決めていいんだって、私には自慢のようにしか聞こえなかった。

美奈がそんなことを言うような子じゃないことはわかっている。第一、私は家族のことも自分のこともなにも話していないのだから、美奈が私に気を遣おうにもできないことも知っている。

「私なんかが安澄の役に立てるかはわかんないけど、なんでも話して！　吐き出して楽になることもあるでしょ？」

前のめりになって、にかっと眩しい笑顔を浮かべる美奈。ちゃんと、美奈の優しさから出る言葉だってわかっていたのに、私の心は醜《みにく》く歪んだ。

うつむくように美奈から視線を逸らし、どす黒い感情のままに声を吐き出す。

「……私は、美奈とはちがって今のことばっかり考えてられない。いい大学に行くために、三年から進学クラスに入ることだって真面目に考えてるし、美奈に真剣に相談してもへらへら笑われそうじゃん」

私の声は決して大きくなんてなかった。その証拠に、教室はいつも通り明るい雰囲気のままだ。だけど、私と美奈の間にはあまりにも重たく冷たい沈黙が流れた。

私は一気に吐き出した自分の言葉を頭の中で、反芻《はんすう》した。それから、自分がどれだけひどい言葉を美奈にぶつけてしまったのかを今になって理解し、青ざめた。

勢いよく顔を上げて、美奈の顔を見る。美奈は、口を小さく開いたまま、困惑し切っていた。

同じように困惑する私と目が合うと、急に美奈の顔がくしゃりと歪んだ。

「そうだよね。ごめんごめん。私、安澄の相談に乗れるのが嬉しくて、つい調子乗っちゃった」

早口で言い切る美奈。一生懸命、笑顔を浮かべようと硬い表情を動かしている。その瞳がいつもより水を溜めていることに、私の胸に後悔の槍《やり》が突き刺さった。

「役に立たない友達でごめんね。安澄はいつもすごいよね、ほんと。私も見習わなくちゃ」

恥ずかしそうに、わざと語尾に笑い声まで加えて。

私は懸命に言い訳を考える。せっかく相談に乗ろうとしてくれた美奈に、私は勝手に苛立って八つ当たりをして、傷つけるような言葉だけを放り投げて、切り捨てたのだ。自分の言葉に、怒りさえ覚える。

ふたりの間に生まれる、わずかな沈黙。

なにか言わなくちゃと思いながらも、なにひとつ口を突いて出てこない。こういう時に嫌というほど思い知る。自分の出来の悪さを。

そんな中、騒がしい教室に担任が入ってきた。美奈は何事もなかったかのように、自分の席に戻ろうとする。だけど、進みだそうとした足を止めて、私のほうへ振り返った。

「なんか、時々安澄って、一緒にいるはずなのに、すごく遠くに感じる」

そうつぶやいて、寂しそうに笑った。

美奈の言葉は、いつまで私の耳の中に残った。

制服のまま電車に揺られていた。

胸がきりきり、と痛む。頭はもうすでに限界を超えて、むしろ怒りに変わっていた。

車窓から見える景色をぼんやりと眺める。胸の芯からふつふつと浮かび上がってくるのは後悔。

初めて、美奈に本音をぶつけられた気がした。もう、見限《みかぎ》られたのかな。

建前《たてまえ》ばかり並べていたのだから、仕方ないのかもしれない。一年生の時に仲良くなってからも、ずっとそうだった。

一度でも、私は美奈に本音を告げたことがあるだろうか。そう思っている時点で、ないことなど明らかだった。それでも、うまくやれているつもりだった。

——今のことでいっぱいいっぱい。

美奈が進路表に書いたことこそが、私に欠落《けつらく》しているものだった。

それだけ美奈は、高校生活が充実しているということだ。毎日、毎日、同じ繰り返しの私に、今を充実させる方法なんて皆目《かいもく》見当もつかない。

将来にかこつけて惰性《だせい》で生きている私には、美奈のほうがよっぽど遠い存在だ。うらやましいという言葉を使いたくないほどに、うらやましいと思っているのだと思う。

きっと、うまくやれていたはずだ。三日前にあんなことがなければ。

いつも通りの私なら当り障りのない話をして、美奈のおちゃらけた話にも一緒になって笑って、そうやってお互いを傷つけることなく、平穏に毎日を送れているはずだったのに。

私の気持ちはいつの間にか、都合のいい形に象《かたど》られていた。どこにも向けることのできない怒りの矛先《ほこさき》を、そこに向けるしかなかった。

「……むかつく」

声にならないほどの小さな声でそうつぶやいた。

三日前と同じように、雲井駅で降りる。昼間も夜もさして変わらない廃《すた》れた景色。太陽の熱ばかりが降り注いだ静かな町。ずんずんと迷うことなく歩みを進める。

たぶん、怖いよりも、怒っていた。

恐怖を超えて動きだす原動力になるのは、今の私にとっては怒りだった。なんでこんなに怒っているのかはわからない。

男が誰なのか、と悶々《もんもん》とする日々に疲れたからなのか。いや、ちがう。

巻き戻しと再生の日々を壊すようなノイズを入れられたからか。それもちがう。

交差点に向かって歩く。ローファーがアスファルトを踏みつける音が響く。

古びた煙草の自動販売機を通り過ぎ、人が住んでいるかもわからない庭付きの一軒家を通り過ぎ、横断歩道にたどり着く。

まだ太陽が活発な時間帯なのに、切れかけの蛍光灯は、電話ボックスの中をわずかに照らしていた。

胸がばくばくと大きく鳴り、呼吸が浅くなる。

好奇心に勝るのは恐怖。恐怖に並ぶのは、必死にかき立てた理不尽《りふじん》な怒り。

じっくりと歩みを進める。

三日前に男の手が、私の腕をすり抜けた。それを頭の片隅に置きながら、私はスクールバッグを開けた。あたりを見回しながら中に手を突っ込むと、最初に触れた物を適当に引っ張り出す。

取り出した英語のノートを丸めて、いつでも振り回せるように構えた。

公衆電話に着くも、やはり誰もいない。耳を澄まして、風で揺れる葉の音にさえ敏感になる。

なにも聞こえない。なにも感じない。なにもない。

……やっぱり、私の勘違いだったんだ。なにもかも。きっとそうだ。

草木が大きく揺れる。髪が風に弄《もてあそ》ばれる。ぐるりと一周、身体を回して変わりのない景色を見渡し、英語のノートをもつ手の力をそっと緩めた。その時、

「こないだは逃げてくれてどーも」

背後から、声がした。二度目だ。

たった今、すべての景色を見たはずなのに。そこには人なんていなかったのに。

慌てて振り向くと、当たり前のように、男は立っていた。

やっぱり、いる。

さまざまな考えが浮き上がりかけた。それが迷路となる前に口を開いた。

考えちゃ、ダメだ。その前に問い詰めろ。

「あなた、誰なんですか！」

必然的にきつくなる口調。情けなくも、武器は丸めた英語のノート。私の言葉にまったく動じることなく、男は微笑みを浮かべるだけ。

目の前にいる男は、太陽の光の粒をかき集めたようにうっすらと透けていた。三日前と同じ姿をしているはずなのに、彼が身に纏《まと》うなにかはちがって視えた。

「だからー、幽霊ですって自己紹介したじゃん、こないだ。聞いてなかった？　ダメだよ。人の話は最後までちゃんと聞かないと」

そう言いながらこちらに向かってくる男は、肩をすくめて笑っている。その歩みにはやはり躊躇いなどない。私は、恐怖で硬直しそうになる身体を怒りで叱咤《しった》する。

「来ないで！」

英語のノートを男に向けて叫ぶ。全身黒ずくめの男は、私の声を無視して、また一歩、近づく。

全身に力を込めて構える私と、全身の力が抜け切ったように、ふらりと立つ男。

男はなにかを思い出したのか、猫のような目をぱっと見開いた。

「……ってかさ、俺って人の範囲に収まるのかな」

男は考え込みながら、顎《あご》に指を添えた。それから、敵意むき出しの私に笑いかける。

「なあ、きみはどう思う？　幽霊って、人の範囲でセーフ？」

軽く笑い飛ばすような声。硬直しそうな私を小馬鹿《こばか》にしたような視線。

後退る暇などなかった。すでに目の前に立ち止まった男は、私を見下ろしていた。

もうわかっていた。男がこの数メートルの距離を埋める間には、気づいていた。

どんなに風が吹いても、男の髪が少しもなびかないこと。

この静かな場所で、私の目の前まで歩いてきた男の足音がしなかったこと。時々、男の身体越しに、見えないはずの奥の景色が見えたこと。

でも理解するのと、認めるのとはわけがちがう。あと一歩、足を前に出せば英語のノートは男の胸にぶつかる。

「それ以上近づいたら、殴《なぐ》ります！」

男は、私の言葉に黙り込んだ。たたえていた微笑みは一瞬にして崩れ、その無表情からは人間らしさが抜け落ちていた。

「……へえ。殴れば？」

男は冷たい視線で私を見下ろすと、一歩、私に近づいた。すると、突き出していた英語のノートが男の胸を貫通《かんつう》する。

「あっ」

「殴れるもんなら、殴ってほしいもんだよ、俺も」

薄い唇から紡《つむ》がれた低音。その刹那《せつな》に見せた、寂しそうな笑顔。

この顔を見るのは、今日で二度目だ。男の笑顔を見て、思い出すのは美奈だった。

私は逃げるように男から視線を逸らす。

「……あんたのせいで」

そう吐き捨てたら、自分が惨めになった。その惨めさを隠すようにさらに口を開く。

「こんなとこ来なければ、失敗なんて……」

ばかみたいに悩む自分も、それが原因で引き起こしてしまった友達との溝も。なにもかもここに来たせいなんだ。

英語のノートをぎゅうと握り締める。ローファーの爪先《つまさき》が、男のスニーカーの爪先と向き合っている。

「なに言ってんの？」

鼻で笑うような声が聞こえてきて、チラリ、と男を窺《うかが》うように視線を正面に戻した瞬間、男の腕が私の額《ひたい》を貫いた。

ひゅ、と不要な酸素を吸い込んだせいで喉が悲鳴を上げる。

私に向かって伸びる腕。おおよそ受け止め切れないであろう現実を、必死で飲み込むように、黒目を上へと持ち上げる。

すぐそこに、男のひじに相当する部分があった。

そこに、ひじがあるのはおかしい。男の関節は曲がっていないし、かといって私の額にはなにもぶつかっていない。

三度目の正直。私の手から英語のノートが滑り落ちた。

目の前の男は、ただ静かに私を見下ろすと、

「ここに来る道を選んだのは、きみ自身でしょ？」

淡泊《たんぱく》な声ではっきりと私にそう告げた。

わかっていた。その事実から逃げ惑う私に、男の言葉が突き刺さった。

「……そんなことわかってるけど」

失敗は、もっとも無意味なノイズだ。

だからこそ、失敗するほうの道を選んでしまったことがたまらなく惨めで情けない。

当たり前で、ありきたりな毎日をつつがなく、これからも過ごしていくはずだったのに。味気なくても、つまらなくても、嫌な思いをしなければそれでいい。幸せとか、楽しいとか、そんなことは後回しでいい。

泣いて、傷ついて、苦しい思いをして後悔をするくらいなら、つまらないと思うような無難《ぶなん》な日々を淡々と過ごしているほうが、ましだ。

うつむいて、スカートを両手で握り締めた。シワを作った姿が、まるで今の私みたいだった。

風が私たちの間を駆け抜ける。地面に落ちた英語のノートが、ぱらぱらと風の指によってめくられる。

白いページに私の文字が並んでいる。

「I can find it nowhere.」

男の声が上から降ってきた。反射的に顔を上げて、彼を見る。男はそっとしゃがみ込み、ノートの文字をじっと目で追いかけている。

「意味は、〝どこにも〜ない〟」

ノートから視線を上げた男は、公衆電話へと顔を向けた。じっと、なにかを振り返るようにそこを見つめている。

「……なあ」

それからふっと、表情を和らげ、私の顔を見つめた。

「きみは、〝どこにもない十三月〟ってどこにあると思う?」

私の返事を待つ男の瞳には、夜空が広がっている。

挑発的でも、小馬鹿にするでもない、なにかを懇願《こんがん》するかのような顔。

――どこにもない十三月。

吸い込まれそうになる瞳には、困惑した私が映っている。

「……どこにもないって、言葉のままじゃないんですか？」

十三月なんてない。どこにもない。それ以外に、答えなんて見つからなかった。

男は一瞬視線を彷徨《さまよ》わすと、ふたたび私を見て呆《あき》れたように鼻で笑った。

思わず眉間にシワが寄る。どうしてこの人にそんなふうに笑われなければならないのだろう。そもそも人なのかどうか、わからないけど。

男はそっと私の英語のノートに手を伸ばした。拾い上げようとした大きな手は、するりとノートからすり抜ける。彼は、やっぱり人ではないらしい。

「やっぱダメか」

男は立ち上がると私を見下ろし、唇の端を持ち上げて笑顔を浮かべる。

「そうやって表面しか見てないうちは、いつまでもその眉間のシワは取れないんじゃん？」

容赦《ようしゃ》のない男の言葉に、さらに眉をひそめる。でも男の言葉通りになるのが悔しくて、慌てて眉間を手で押さえて隠した。

言い返してやりたいのに、なにも言葉が浮かばなかった。今までぶつけられた男の言葉は全部、痛いくらいに図星だから余計《よけい》に腹が立つ。

いつだって、核心を突いてくる相手に勝ち目はない。

「ここへ来る道を選んだのも、これから進む道を選ぶのも、きみ自身」

真っ直ぐな低音が私に向かって紡がれる。

「でも、偶然と意思が重なった道が、運命だとしたら？」

いつの間にか、微笑みを浮かべる男の顔を見ていた。

猫のように、気まぐれに細められる瞳。深い深い夜空には、やっぱり無数の星が輝いている。

あの日、私は偶然にもここへ足を運んでいた。

そして、今日、私は自分の意思でここに来ている。それを、運命、なんて言葉で象られるとは思わなかった。

〝運命は、人生を変えるためにある〟

昔、なにかの本で読んだことがある。フィクションだったけど、やけにその言葉には力があった。

身体に絡みつく夏の風。耳の奥に響く葉擦《はず》れの音。吸い込まれるような瞳で私を見つめる男。

「きみは、知りたくないの？」

巻き戻しと再生を繰り返すだけの、ありきたりな毎日。

小さなノイズは明日には消えるけれど、運命なんて言葉を飾りつけた透ける男のノイズは、きっと消えない。

「俺と出逢った意味」

怯えていた。だけど心は震え、理性と本能は相反《あいはん》していた。

「――知りたい」

私は、彼を見つめたまま小さくうなずくと、男は、初めて自然な笑みで私を見つめ返した。

「契約成立」

そうして鼻歌でも鳴らすように、たったそれだけをつぶやいた。

第4話　私の瞳にだけ映る彼

「ねぇ安澄、短パンか長ズボン貸して」

翌日、美奈はいつも通りだった。私も美奈と同じようにいつも通りを装う。

「いいよ。短パンでいい？」

次の授業は体育だった。美奈はジャージのズボンを忘れてしまったらしい。私から短パンを受け取り「ありがとう」と笑う顔は、やっぱりいつもと変わらない。

背の高い美奈には私のジャージは小さい。いつもだったら隣のクラスの同じ部活の子に借りるのだけど、今日だけはちがった。その答えは明確だった。

美奈が私に気を遣って、友達という糸が切れないように繋ぎ止めてくれようとしている優しさだった。

そんな美奈に甘えて、私たちにとってあの日のことはなかったことになりつつある。謝ることも、自分の本音を伝えることもしない私自身の心の中で、黒い感情が溜まる一方だった。

「夏に体育ってきついよね」

雪菜ちゃんがぐったりしたようにつぶやく。

三人で更衣室に向かいながら、その言葉に私も美奈もうなずく。まだ体育の授業は始まっていないのに、暑さで茹《ゆ》だりそうだ。美奈は歩きながら髪をひとつに束ねている。

ふいに美奈と雪菜ちゃんを横目に、私だけが場違いのような感覚に陥った。

中学受験に失敗して、地元の中学に進んだ時も友達はなんとなくできた。でも、今と同じように本音なんて見せなかったから、卒業後はめっきり会わなくなった。それでいいと思っていたし、そういうものだと割り切っていた。

考えたこともなかったけれど、今のままの私では中学の時の繰り返しだ。美奈や雪菜ちゃんとはきっと高校の時だけ付き合いになる。それは自分のせいなのに、そうはっきりとわかると、胸の奥のほうが霜焼《しもや》けのようにヒリヒリと痛む。

廊下を歩く中、窓から差し込む太陽の光に目を細めた。廊下の向こうから英語教師の三浦先生が歩いてきた。三人で挨拶をすると、低い声が返ってくる。

英語の担当教師で、私たち二年の学年主任。鋭い眼光《がんこう》で厳しさ倍増。

三浦先生が通り過ぎてから、雪菜ちゃんが思い出したようにつぶやいた。

「ふたりとも、もう進路の紙、提出した？」

三浦先生は進路相談の担当でもある。それで思い出したのだろう。私は、自分でも気づかぬうちに美奈へと視線を向けていた。

美奈は髪を結び終えると、歩く速度を上げる。

「てか、やばいよ！　急がないと体育遅れる！」

大げさなほどにハキハキとした声。その変化に気づくのは、私だけだ。雪菜ちゃんは他のクラスにある時計を覗き込んで「ほんとだ」と慌てた。

ふたりが走りだす。私も少し遅れてから、いつも通りを心がけてその背中たちを追いかけた。

美奈の細い背中。それを見て、ふと蘇るのは、寂しそうな美奈の笑顔。

全然、いつも通りなんかじゃなかった。

くっと、眉間に力がこもる。視界が狭まって、自分が難しい顔をしていることに気づく。

『そうやって表面しか見てないうちは、いつまでもその眉間のシワは取れないんじゃん？』

私をばかにしたように笑う男の言葉を思い出して、慌ててその眉間を手で押さえた。


その日も、学校を終えると、私は公衆電話に足を運んでいた。

「……その、気まずくなった友達と、元に戻るためには、どうしたらいいんですか」

不甲斐《ふがい》ないけれど、今の私が悩みを打ち明けられるのは、実体を持たないこの男だけだった。気を遣わず、自分を装うこともせず、質問を投げかけられるのは目の前の幽霊だけだったのだ。とても、不甲斐ないけれど。

初対面もその次も、ずいぶんと惨めな姿を晒《さら》している。相手が相手だし、惨めな私を立て直すよりも、開き直るほうが早かった。

それに、なんだかんだ核心を突いてくる男なら、あっさり答えをくれる気もした。

男は、ぐーんと両手を上へ伸ばす。それから、だらん、と力を抜いて腕を下ろしながら私を見た。真っ直ぐに私を見る瞳は今日も澄んでいる。

「そんなの知るかよ。自分でどうにかしなさんな」

けろっとした乾いた声。

半笑いで投げ飛ばされた言葉に、私は愕然《がくぜん》とするしかない。昨日の一瞬だけ見た男の優しい笑みが幻想に思えてきた。

男は「さて」なんてつぶやくと、足音のない歩みで私の元に来る。

「じゃあまずは契約の話なんだけど……」

何事もなかったかのように自分の話を始めようとする、その態度にカチンとくる。

「契約ってなんですか？　だいたい、幽霊なんて言ってますけど、証拠でもあるんですか？」

堂々と言い切ったけれど、苦しさが拭い切れない。幽霊の証拠って、私はなにバカなことを要求しているのだろう。

男は長いため息をこぼすと、私の顔に手を伸ばした。

「俺のせめてもの優しさを、ないがしろにしたのはきみだからね」

その言葉の意味を問う前に、男の指先が私の頬に添えられた。私の頬に置かれた両手は、限りなく私に近くて、それでも温もりというものを一切孕《はら》んでいなかった。

男は瞳を閉じると、私の額に自分の額を当てるようにした。

その瞬間、見たことのない映像が私の脳内に走馬灯《そうまとう》のように駆け巡る。

眩《まばゆ》い光の中で、和紙のようにざらついた記憶。

これはきっと彼の生前の記憶だ、と直感で理解した。まるで彼の身体を乗っ取ったかのように、私は彼の記憶の中にいる。

雨の降る日、バイクを走らせている。ふとバイクのミラーに視線をたどると、私ではなく目の前の男がそこにいた。バイクを走らせる場所は雲井駅のすぐ近くの交差点。今、私が立っている真横の交差点だ。

青信号の道路を直進しようとした視界に、いきなり現れた一台の自動車。ものすごいスピードの車が、慌ててブレーキを踏みつけたのがわかった。

バイクは反射的に車を避ける。それでもスピードの出しすぎた車とバイクは接触し、さらに雨でスリップしたバイクは、暴走するように公衆電話の真横にあった電柱に突っ込んだ――。

私は思わず目をつむっていた。それでも彼の記憶は私の脳内に、血液が流れ込むようにとめどなくなだれ込んでくる。

真っ黒だった視界がじんわり、と薄く開かれる。アスファルトがすぐ近くにあって、その先で原形を留めないバイクがガードレールの前で死んでいた。

おぼろげになりゆく意識の中、黒に近い赤色の液体が自分の頭のほうからアスファルトに広がっていくのがわかった。

だらり、と死体のように一切の動きを見せない腕のずっと先に、黒いリュックサック、その奥に、ぐしゃり、と潰れた白い袋から小さな御守《おまも》りが見えた。

そして、記憶は、ぷつん、と糸が切れたように途絶えた。

瞳を泳がすことさえできずに、口をぱくぱくさせる私。彼は私から一歩分、距離を取る。

私の表情を見て、ガシガシ、と頭をかきながらため息交じりの声を落とした。

「人の死に目なんて見させて、信用してもらっても後味悪いだろ」

「……ごめんなさい」

それは、軽率な言葉で男を苦しめてしまったことに対する謝罪だった。

男は、人の死に目と言ったけれど、彼にとってそれは自分の死に目なのだ。それを一番見たくないのは、きっと彼自身のはずだ。

謝ったからって、どうにもならない。背後から迫りくる後悔に、下を向く。

少しの沈黙を破ったのは、男だった。

「俺、幽霊歴二年なんだけどさ」

初めて聞くぎこちない声。うつむく先に見えるのは、濃い灰色のアスファルト。どこからともなく現れたアリが、その上を必死に歩き回っている。

「やっと、俺の姿を真っ直ぐその瞳に映すきみと会えたわけ」

ぎこちない声は言葉の終わりを迎えるにつれて、不器用な優しさを帯びる。どんな表情で、どんな思いで、その言葉を紡いでいるのだろう。そう思ったら顔を上げていた。

男は、私を見つめていた。ただ、じっと。

「だから、謝るくらいなら俺を見て」

真剣に告げられた言葉に、思わず固まった。

いや、そういう意味じゃない。そっちの意味じゃないのは、十分わかっているのに、どうしても私の心臓は変な方向に飛び跳ねた。そんな私に気づかないのか、気づかないふうを装っているのか。男が私の目線まで腰を折り曲げた。直線でぶつかる瞳と瞳。

「俺がちゃんと視えてるって、きみの瞳で証明して」

男はそう言っていつもの笑みを浮かべると「わかった?」と付け足しながら首を傾けた。余裕そうな、自信たっぷりの笑顔。

私は一度、ぎゅ、と目をつむり、そのまま首を二度、縦に振った。

強い風が吹く。その中で薄目を開けて彼を視た。男の髪はまったく乱れない上に、風で舞う緑の葉が彼の身体をすり抜けた。

男は、私が初めて会った〝幽霊〟なんだ。そう、実感した。

風がやむと、男が人差し指を身体の前で立てた。

「俺は、見ての通り、物にも人にも触れられないし、きみ以外の人間には視えない。第一、俺がなんでここに留まってると思う？」

男の楽観的な物言い。地面の上に転がる小石を蹴ろうとした男の足は、そのままなにも蹴らずに小石をすり抜けて、空を切ることさえもできない。

私の答えを待つように送られてきた男の視線に、「わかりません」とだけ答える。そんな私を男は特に気にした様子もなく言葉を続けた。

「俺は死んだ後、夢の中で誰かにふたつの選択肢を与えられたんだ。それが神なのか死神なのか、よくわからないけど」

「選択肢……？」

頭の中に〝？〟がいっぱいになっている私を無視したまま、幽霊さんの話は続く。

「今すぐ成仏《じょうぶつ》して来世を一刻も早く迎えるか。それとも現世でやり残したことを果たしてから成仏するかって。んで、俺は後者を選んだわけ」

右手で人差し指と中指を立てた男は、左の人差し指で、とんとん、と後者を示す中指を軽く叩いた。

「選択肢……」

私は理解しがたい話をなんとか咀嚼しながら、男の言葉に対してうなずく。男は不意に私を見つめ、目を細めた。

「ここに戻ってくるまでに、死者としての掟《おきて》を霊魂《れいこん》に刻まれるんだ。その中に、特定の生者《しょうじゃ》と契約を結ばなきゃならないってのがあって。死者単体での行動もルール違反なんだけど、そもそも、俺ひとりで勝手にこの場から離れることなんてできなくてさ」

しゃべり疲れたように、呑気にため息をつく男。その唇から本当に息がこぼれているのかはわからないけれど。

私はそこでとあることに気づき、彼に問いかける。

「あの、貞子《さだこ》とか、トイレの花子《はなこ》さんとかにも掟があるんですか？」

すると男は豆鉄砲《まめでっぽう》を食らった鳩《はと》のような顔をしてから、不意を衝かれたように笑った。それから腕を組んで、呆れたようにかぶりを振りながら答える。

「あんな大先輩方と一緒にすんなよ。こっちは平社員以下のアルバイトレベルの幽霊なんだから」

「ああ、そっか」

「おいてめ、俺のことすんなりばかにすんなよ」

「自分で言ったんじゃないですか」

「それでも否定するってのが、ジャパニーズスタイルなんじゃないんですかー」

むくれる男に、思いもよらないめんどくさい幽霊だと脳内でメモ書きをしておく。

男は「まあいいや」なんてつぶやいてからもう一度、話を戻すように瞳の色を強めた。

「死者である俺は、本来なら現世にいるべき存在じゃない。そんな状況の中で、俺にはこの世でやらなきゃならないことが三つある。内容はおいおい説明するとして、きみには俺の手伝いをしてもらいたいんだよね」

力強い男の瞳が私を映す。男が口角を上げると、自然と猫目が細まる。

「俺が成仏できるかどうかは、きみにかかってる」

この男を助けたいとか、そんな崇高《すうこう》な感情にかられたわけではなかった。それでも私は「わかりました」と男を見つめて、返事をしていた。

「じゃ、改めてよろしく」

そう言った後、彼はなにかを思い出したように私の瞳を見つめた。

男は、考え込むように瞳をゆっくりと私から逸らした。その夜空色の瞳は、下、右、斜め上、ふたたび、下。そして私へと戻ってきた。

顎をわずかに上げたその顔は、私を挑発的に見下ろす視線ではない。でも、楽しむような瞳の色はいつもと同じ。

「なんで気まずいのかは知らねーけど、その原因がもしきみ自身にあるとして。今のままで元に戻って、それで本当に満足できんの？」

「え？」

いきなり飛躍《ひやく》した話に、私はついていくのに精一杯だった。無意識に聞き返そうとする私を無視して、男は言葉を続けた。

「気まずさだけで崩壊するオトモダチって、幽霊よりも存在薄いよなーって思っただけ」

その声は、私の心の奥を引っこ抜こうとする。後から私を追いかけてきた記憶が答えをくれた。

『……その、気まずくなった友達と、元に戻るためには、どうしたらいいんですか』

そう相談したのは、私だった。

土曜日の昼間。

財布を忘れて、自分の部屋に戻る。スクールバッグに入れっぱなしになっていた財布を抜き取り、肩から掛けた鞄《かばん》に入れる。

忘れ物がないことを確認してから、部屋を出た。

「あ、お姉ちゃん」

隣の部屋から出てきた妹と鉢合わせた。ショートカットがよく似合う小さな顔に、私よりも高い身長。エナメルのスポーツバッグを肩から提《さ》げている。

年子の妹は高校一年生だ。バレーボール部のジャージを着ているから、今から部活なのだろう。

自室の扉を閉めてから、妹の佳澄を一瞥《いちべつ》した。

私が落ちた高校に難なく入って、両親からの大きな期待に応えた佳澄。明るい笑顔を浮かべて、バレー強豪校《きょうごうこう》のユニフォームを当たり前のように着ている、私とは真逆の妹。

笑顔を浮かべたまま妹は口を開いた。

「お姉ちゃん、あのさ……」

私はなにも言わず、佳澄から視線を逸らす。聞く気がないのを示すように、佳澄に背を向けた。そのまま階段を下りて、さっさと玄関に向かう。

順風満帆《じゅんぷうまんぱん》の人生を歩む出来のいい妹。子供に敷いたレールの上を歩かせようとする両親。どんなにがんばっても出来の悪い私。

それがこの家の中にある当たり前だ。

私は、無言で家を出た。

最寄り駅まで向かおうと歩きだしてすぐ、道の向こうから近所の人の姿が見えた。

私は思わず曲がる予定のない道を右折していた。これでは駅まではだいぶ遠回りになる。普通に考えたら、あの人とすれ違っても直進するほうが効率的だけれど、この辺りの人にはあまり会いたくなかった。

田舎というのは、きっと都会よりも近所付き合いが濃密《のうみつ》だ。そして噂が大好きな人ばかり。他人の家庭の事情に聞き耳を立てては、あれこれと勝手に話を広げる。

昔は、〝妹の面倒見のいい安澄ちゃん〟で通っていた私という人間は、いつからか〝出来のいい佳澄ちゃんの姉〟になっていた。

比較され始めた当初から、そのイメージはあった。けれど、完全に定着するようになったのは、妹が私の落ちた高校に通うことになってからだった。

家の中でも、外でも、うんざりだ。

どす黒いものを吐き出すように、深いため息をつく。遠くなった駅まで、イヤフォンを耳に突っ込んで、音楽を聴きながら歩き続けた。

目的地の公衆電話にたどり着く頃には、じんわりと肌が汗ばんでいた。照りつける太陽を恨《うら》めしくなって見上げる。

日陰の公衆電話に、その姿はあった。いくら直射日光は当たらないといえど、暑い。

それなのに、相変わらず黒のロングTシャツに、黒のスキニー、黒のスニーカーに身を包む男。

しゃがみ込んで、一心になにかを見つめている。

「なにしてるんですか」

そう言えば、ふっとこちらを向き「おう」と片手を上げて私を見つめる男。

「アリの観察。〝むー〟は今日も相変わらず眉間にシワ寄ってんな」

よっこらしょ、なんて言いながら腰を持ち上げる。

アリの観察って、この暑い時期によくやる。いや、彼には温度なんて関係ないんだろうな。熱を感じる身体をもっていないのだから。

いや、それよりも。

「〝むー〟ってなんですか？」

「え？　どう考えてもきみのことでしょ。いっつも眉間にシワ寄せて、むーっとした顔してるから」

その言葉に、私はむっとする。そんな私を指さしたまま「ほらその顔」と笑う。相手の思う壺《つぼ》になってしまったことに、後悔。

手で眉間を押さえて隠すと、男はけろっとした顔のまま「え、今さら隠しても無駄だけど」なんて私を無意識に挑発してくる。本当に、いちいち腹が立つ！

「あの、私にはちゃんとした名前があるんですけど」

そのまま名乗ろうとしたが、私は口をつぐんでしまった。目の前の男が、意味ありげな表情で、人差し指を唇に当てて私を見つめていたからだ。

シー。

言う通りに黙った私の代わりに、男が口を開いた。

「現世の者と契約を交わす際は、相手の本名を呼んではいけない……。また、自分の本名を呼ばれてもいけない」

抑揚《よくよう》のない声で並べられていく言葉。彼は、私の名前を呼ぶことができないから、私を『むー』と呼んだらしい。

「名はその人物を象る重要なものなので、本名を呼び合うことで強い繋がりが生まれ、記憶の消去が不完全なものになってしまうことを、万が一を含め防ぐためである」

言い切ると、男は、ふう、と息を吐き出した。正確にいえば、息などないけれど、息を吐き出すように唇を動かしている。

「相手の名前を呼んじゃいけないのなら、名乗る必要もないだろ。むしろ名前を知らなければ、お互いに呼び合う可能性もなくなる」

感情のない言葉の並びから、引っかかる単語を抜き取った。

「記憶の消去？」

「そうだよ。契約解消と同時に、俺との思い出はむーの記憶から消えるから、そこんとこは安心して」

「わかった？」と子供をあやすような口調に、素っ気なくうなずいた。

言っていることはわかったからうなずいた。だけど、私の記憶から男と出逢ったことが消えることについては深く考えていなかった。べつに、消えようと残ろうとどっちでもよかったから。

むー、か。なんか微妙だな。かわいいとも取れるけど、私はむしろダサいと思うほうだ。そこではたと気づく。

「私はあなたのこと、なんて呼べばいいんですか？」

言われてから、男も「確かに」とつぶやいた。腕を組んでから三秒。にっこりと猫のような目尻を下げて笑顔を貼りつけて私に言う。

「仕方ないからイケメンでいいよ」

「は？　どこにイケメンいるんですか？」

「もしかして、むーってば俺の姿映らなくなった？」

「ばっちり視えてますよ。イケメンは一向に見えませんけど」

きょろきょろしてみせると、その瞬間、男は心底悔しそうな表情を浮かべる。私はそんな彼を見て、思わず吹き出してしまった。

実は、ずっとやられっぱなしは悔しかったのだ。こんなところでやり返すなんて変だけど、幾分《いくぶん》かすっきりした。それになにより、いつも余裕な彼が初めて見せる態度に、大変満足したのだ。

正直、彼はかっこいい。女の人が好きそうなパーツがバランスよく並んでいる。だからなおさら、イケメンなんて言いたくない。ナルシストの幽霊なんて変なの。

声を上げて笑いながら、男を見る。悔し顔かと思えば、彼は笑う私をじっと見つめていた。その真っ直ぐな表情に、心臓が飛び跳ねる。すぐさま笑いを抑え込み、男から視線を逸らす。ああやって見つめられるほうが、女子は弱い。

「ふ、普通に〝幽霊〟って呼びますね」

気持ちを見透かされる前に、話を変えた。思惑《おもわく》は成功したようで、男はその話題に乗ってくる。

「幽霊〝さん〟な」

「……ゆうれい」

「おい。幽霊〝さん〟」

「……ナルシストゴースト」

「あ?」

「ユーレイサン」

幽霊さんは未だに不服そうだ。私は知らん顔で口角を上げる。

大きな雲が太陽の前を泳ぐ。私も含め、周りが翳《かげ》る。太陽が雲に隠れただけで、ずいぶんと涼しくなった気がして、そのせいか鼻から吸い込んだ空気が心地よく感じる。

ふと、幽霊さんのほうを向く。

私の視線に気がついた彼は、こちらに顔を向けると、べえと舌を出した。子供か。

冷めた瞳で彼を見れば、半目《はんめ》を返される。私も幽霊さんも大人げない。

「むーって遠慮を知らねえよな」

幽霊さんの何気ない言葉に、ハッと我に返った。

いつもは何事も適当に、ダメな自分を見せないようにうまくやり過ごすのに、今の私って、もしかしなくてもすごく私らしくないじゃないか。

しまった。いつもとちがう自分に戸惑う。

「おい、またむーっとした顔になってるぞ」

そう言われて顔を上げる。幽霊さんは私の顔真似でもしているのか、眉間にシワを寄せて口を固く結んで私を見ている。

慌てて、眉間に手を当てて、弱々しい声をこぼした。

「遠慮を学び直してきます……」

慣れているはずの作り笑顔は、いつもよりぎこちなくなった。どんな表情を作ればいいのか、わからない。結局、眉間に添えていた手を口元に当てて、表情を読まれないように隠した。

するとすかざず「はあー」なんてあからさまにつまらなそうなため息が耳に滑り込んでくる。

「遠慮を知ったところで、むーはむーだろ」

幽霊さんの言葉を飲み込むのに、しばらく時間がかかった。

——私は私？

そんなこと、今まで言われたことがなかったから。

凝り固まった心のどこかに、幽霊さんの言葉が激突して、ほんの少しだけ、砕けたような気がした。砕けた破片《はへん》に、純粋に気持ちが浮わつく。

だけど、私らしい私ってなんだ。結局、どれが本当の私になるんだろう？

初めて見つめようと思った自分自身は、深い霧《きり》に包まれていて、なかなか現れそうにない。

「そんで、むー、いつまで突っ立ってんの？」

幽霊さんは呆れたように私に声をかけた。霧の中に意識を飛ばしていた私は、その声に引き戻される。

息を吐き出すと共に、肩の力を抜いた。それから、頭を切り替えて少しだけ先を歩く幽霊さんの隣に並んだ。

「あの、幽霊さん、どこに向かってるんですか?」

遠回しに、契約の内容を聞くつもりだった。これから向かうところは、きっとそのうちのひとつに関わっているはずだから。

「妹のとこ」

「……………」

彼は家族のために、幽霊になってもなお、この世に留まっているんだ。もしかしたら私が視えていないだけで、幽霊さんみたいな存在はもっといるのかもしれない。

「俺、妹思いのお兄ちゃんだったからさ」

幽霊さんの低い声が私の鼓膜を叩いた。目を合わせると、幽霊さんはわざとらしい微笑みを浮かべる。

彼の言葉を聞きながら、私は佳澄を思い出していた。

幽霊さんが足を止めたのは、ある一軒家の前。公衆電話から二、三十分歩いたと思う。疲労でため息をこぼしながら下を向くと、私の影も一緒に疲れているような姿をしていた。

「ここ、俺の実家」

そう言った、幽霊さんに影はない。こういうのを目の当たりにするたびに、私の中には考えなくとも勝手に芽生えてしまう。

——当たり前の概念《がいねん》ってなに。

おしゃれな二階建ての家。ここに、彼は住んでいた。もしかしたら、今だって住んでいるのが当たり前の日常だったのかもしれない。

私は表札が目に入らないように、チラリと隣の幽霊さんの顔を盗み見た。彼は、ただひたすらその家をじっと見つめていた。

懐かしむように優しさを帯びる瞳。諦めを受け入れるように、意識して上げられた口角。その横顔だけで、幽霊さんがどれだけ家族を大切に思っていたかがわかる。

そっと幽霊さんが瞳を閉じた。なにかを一生懸命、押し込めるように、ぐっと顔に力がこもる。

そして切り替えるように開かれた瞳。私は慌てて幽霊さんから視線を逸らした。

「じゃあ、むー。まずは俺の妹と友達になって」

私は突拍子《とっぴょうし》もない言葉に驚いて、慌てて首を横に振る。

「え！　無理です無理。私、人見知りで、知らない人とコミュニケーション取るとかすごく苦手だし」

「だろうな」

間髪《かんぱつ》入れずに幽霊さんに肯定されて、それはそれで腹が立つ。むっとした私に、幽霊さんは特に悪びれる様子もなく続ける。

「でも、むーと妹が友達になるのが一番手っ取り早いし、仲良くなれば妹も俺の存在を信じるようになるだろ。だから俺のために、むーは無理をしてでもがんばれ」

「無理ですって」

幽霊さんの言いたいことはよくわかる。彼のやり残したことに妹さんが関係しているとしたら、まずは私と妹さんが接点をもつことが最善だということも。

だけど、見ず知らずの相手になんて声をかければいいのかもわからないし、まともに話ができるとは思えない。

「あの、うちになにか……？」

少しだけ離れたところから高い声が聞こえた。そちらに視線を向けると、訝《いぶか》しげな顔で私を見る女の子が立っていた。

セーラー服に身を包んだかわいらしい子。あの制服は、近所の女子高のものだ。私と同じ中学出身の女の子も数人そこに進学している。高校生ということは、私と年齢はさして変わらないはず。

私に疑いの目を向ける女の子の大きな瞳は、どこか見慣れていた。

ああ、そうか。その理由がわかり、隣の幽霊さんを見上げると、彼は苦しそうに心配そうに眉を下げて、彼女を一心に見つめていた。

「……千春《ちはる》」

幽霊さんが無意識にこぼした名前。私は女の子のほうへ顔を向ける。やっぱり、彼女が幽霊さんの妹なのだ。

きつく送られる視線にたじろぐ。冷静に考えれば、自分の家の前で見知らぬ人が突っ立っていたら気味が悪いだろう。それもひとりで、なにか話しているのだ。

私に近づかないように、彼女は自分の家に向かって歩みを進める。

このままじゃ、まずい。家の中に入ってしまう前になにか言わないと。

あれ、初めての人にはなんて声かけたらいいんだっけ？

小さなテリトリーの中でしか生きてこなかった私には、それさえも難しかった。適当でもやっていけたのは、単なる甘えでしかなかったことを痛感する。

「あの、千春さん、ですよね？」

私の言葉に彼女は肩を上げて、さらに私と距離を取る。疑うような視線は、驚きの後に、嫌悪感に包まれた。

……しまった。初対面の人がいきなり自分の名前を呼んだら、そりゃあ気持ち悪いに決まってる。

千春さんは門に手を掛け、そこを開けて入ると私に背を向け、駆け込むように玄関のほうに向かった。

どうしよう。引き止めなきゃ。なにか言わなきゃ。

焦《あせ》る気持ちと共に、浮かび上がる諦めの気持ち。

そもそもなんで私、こんな必死になってるんだろう。会ってすぐにここまでマイナスに思われて、友達になんてなれるのかな。

無理じゃない？　できっこなくない？　たぶん。いや、絶対、無理な気がする。

一生懸命の結果は、いつも失敗だった。だから私は〝あの日〟から一生懸命になることをやめたんだった。そうやって、周りを見ないふりして、自分の殻《から》に閉じこもるようになったんだ。

——どうせ、また、失敗する。

開きかけた口を閉じようとした、その時——。

「千春！」

隣から幽霊さんの声が聞こえた。

一方的にしか向けられない幽霊さんの声は千春さんには届かない。それでも、彼は、名前を呼んだ。その意味が、私の心に音もなく刺さる。

「……あの！」

その細い背中に向かって叫ぶと、玄関のドアノブに手を掛けた千春さんが、ゆっくりと振り返る。

なにを言えばいいかなんて考えていなかった。チラリと隣の幽霊さんを見る。彼も、いきなり叫んだ私を少しだけ驚いた顔で見つめていた。

だってここに、ちゃんと、彼はいるのに。

ぐっと下唇を噛み締めると真っ直ぐに千春さんを見つめる。送られる冷たい視線にきしりと胸が痛んで、気持ちが怯《ひる》む。

でも私はそれらを跳ね返すように、幽霊さんを指さして、それから叫んだ。

「今！　私の隣に、千春さんのお兄さんがいるんです！」

私がもし、フィクションの中の主人公だとしたら、ここできっとうまくいくんだろう。やたらと奇跡を起こして、周りを引きつける力がある主人公だったら。

でも、私は、ただの平凡な人間だ。

じっくりと、私の言葉を噛み砕いていく千春さん。驚いた顔はみるみるうちに、怒りに変わっていった。冷たい瞳は、形容しがたい感情が渦巻《うずま》くように鋭くなった。私を、極悪人《ごくあくにん》でもあるかのように見る。

「……私に、恨《うら》みでもあるんですか？」

震えるように、怒りを抑え込んだ声が私に届く。ちがう、と声にする前に、彼女の怒りは爆発した。

「いるって言うなら、今すぐお兄ちゃんに会わせてよ！　この嘘つき！」

甲高《かんだか》い声でそう叫んだ千春さんは、乱暴に扉を開ける。一度だけ、ものすごい形相《ぎょうそう》で私を睨《にら》みつけ、それから振り返ることなく、中に消えてしまった。

しん、と静けさが戻ってくる。状況は最悪だった。

私の一生懸命は、結局、誰にも届かない。むしろ、誰かを失望させる。自分自身のことさえも。もう、ダメだ。そう思った。

契約って、変えることはできるのだろうか。そんなことさえ思い始めていると、吹き出したような笑い声が耳に滑り込んできた。

びっくりして隣を見ると、幽霊さんは、お腹を抱えて笑っている。猫目がこんなに細まっているのを、初めて見た。彼が笑って身体を揺らすたびに、耳の軟骨についたピアスがきらりきらりと光る。

「……笑いごとじゃないですよ」

真剣な私の言葉も、笑い飛ばす幽霊さん。どうして、笑えるのだろう。私は、ありえないほど、取り返しのつかない失敗をしてしまったのに。

幽霊さんは笑いたいだけ笑うと、呼吸を整えるように大きく息を吸い込んだ。昼間でも星が輝き続ける夜空色の瞳。笑い疲れたのか、幽霊さんは腰に手を当てる。

「いやあ、本当にむーって、遠慮を知らねえよなって思ってさ」

笑いの余韻《よいん》を引きずるような声。目元は未だ静かに笑っている。

私は、幽霊さんの楽観的な態度とは対称的に、深く長いため息を吐き出した。元々ない自信がさらに削られる。自尊心《じそんしん》は地まで落ちた。

幽霊さんはそんな私など気にせず、柔らかな笑い声を隣で放つ。顔を上げれば、幽霊さんは来た道を戻るように歩きだしていた。私も、千春さんのいる家から逃げるように彼の後を追いかける。

いつまで経っても顔を上げずに黙り込んだままの私に、幽霊さんは不器用な言葉を投げかけてきた。

「頭が重力に負けてんぞ」

「放っといてください」

「放っておいたら、むーの頭と地面がくっついちゃいそうじゃん」

「さすがにそれはないです」

「むー、そこは笑うとこだったんだぞ」

一向に頭を上げようとしない私に幽霊さんが少し困ったようにため息をこぼした。それから少しだけ歯切れの悪い声でつぶやく。

「千春はすぐ怒るんだよ。一回頭に血がのぼると二、三日は鎮《しず》まらないから」

たぶん、幽霊さんなりの慰めの言葉だった。でも、正直、全然響かない。その気持ちが表情にもにじんでいたのか、幽霊さんが私の顔を見て、少しだけバツが悪そうに眉尻《まゆじり》を下げた。

「なんの計画もなくむーをここに連れてきた、俺が悪かった」

私は、そんな言葉に、表情だけでうなずいた。

あんなの、千春さんだけに限らず、誰だって怒る。そんなことをしてしまったのだ、私は。

幽霊さんという存在を証拠もなくちらつかせて、彼が隣にいるなんて、千春さんに向かって言い訳のように言って。最低だ。

千春さんが兄の存在を大切にしていればいるほど、私がしてしまったことの罪は重い。

意識をしていないと、すぐに視線は下に落ちてしまう。力なくうなだれる首。

隣の幽霊さんは、ちらちらと私の様子をうかがう。口を開いては、閉じての繰り返し。なにかを考え込むように、瞳を彷徨わせては、またこちらに視線を向ける。その繰り返し。

しばらくしてから、幽霊さんはそっぽを向いた。

「……気にすんな」

素っ気ないふりが詰め込まれた不器用な五文字。

あれだけ時間をかけて紡ぎ出したたった五文字。

ぽつり、とそれだけをつぶやいた。

勢いよく幽霊さんのほうへ顔を向ける。しかし、幽霊さんの表情はわからない。私に見せないようにと顔を反対側へ向けていた。かろうじて見えるのはピアスのついた耳だけ。

もしかして幽霊さんって、私並みにいろいろ不器用なんじゃないだろうか。

「……はい」

私の返事に、幽霊さんがこちらを向いた。じっと私の顔を見つめてから、彼は笑った。その笑顔はぎこちないほど、とても丁寧なものだった。

「むー、俺のせいで悪いな」

少しだけ躊躇ってしまった。私に届いた幽霊さんの声は、いつもよりわずかに掠れていた。

どうして、無理に笑った顔を私に見せるのだろう。そんなこと、今さらすることなのだろうか。作り笑顔だろうとそうじゃなかろうと、私と幽霊さんの妙な関係は、変わることとなんてないのに。

私はつねに幽霊さんに対しては、上っ面だけの反応なんてしていないのに。

「……あ」

そう思ってハッとした。

美奈とのこと。

私はきっと、美奈に、雪菜ちゃんに、友達にそんなふうに思われていたんだ。私が今、幽霊さんに思ったみたいに。

『なんか、時々安澄って、一緒にいるはずなのに、すごく遠くに感じる』

遠慮という名の壁を作っていた。遠慮をした分、相手にも遠慮をさせていたのだ。

『今のままで元に戻って、それで本当に満足できんの？』

たぶん、ちがうはず。

遠慮を塗り固めた私で、美奈たちと友達になりたいわけじゃない。ただそこまで答えが出ているのに、私は自分がどうするべきかがわからなかった。

前に進みだす一歩よりも、美奈や雪菜ちゃんとの溝が深くなるほうがどうしたって怖かったのだ。

動きださなければ、変化もしない。今の状態は決して良いとはいえないけれど、なにもしなければこれ以上悪くなる可能性もない。もしかしたら、時が経つにつれてこの気まずさも消えていくのかもしれない。

どこかではちゃんと、それは本当の解決にはならないとわかっているけれど、見て見ぬふりをしようとする私がいた。

「むー？」

幽霊さんが私の顔を覗き込んだ。忙しなく動き回っていた脳内が驚きで、とたんに停止する。

「……なんでもないです」

言葉にしてから後悔。名前を呼ばれただけなのに、なんでもない、という返事はおかしい。

私の気持ちがどこかを彷徨っていたことはたぶん、彼には見抜かれていたと思う。その証拠に幽霊さんは、私の本当の気持ちを探るように真っ直ぐな瞳をこちらに向け続けた。逃げるように目を逸らす私に、彼のつまらなそうな声が届く。

「あっそう」

その素っ気ない声とはちがって、顔を上げた先に見えた幽霊さんの表情はどこか切ない色が漂っていた。

じっと夜空色の瞳を見つめる。歯切れの悪そうな、もどかしさも垣間《かいま》見える。その顔を見て、私は先ほどの幽霊さんの表情が頭を掠めた。

「……幽霊さん、さっき――」

私に無理して笑顔を見せたのは、どうしてですか？

そう問いかけようとして、私はその言葉を飲み込んだ。

第5話　勝手にがんばれ

週明けの月曜日。その日も、特に代わり映えのしない一日を過ごした。

美奈や雪菜ちゃんに、私が向き合わなければならないことは明白だった。

だけど、私がなにをふたりに伝えたいのかをちゃんと理解できていないのに、話そうとすること自体が無謀《むぼう》だ。

いつまでも逃げ腰で、そんな自分からまた逃げる。

そうやって逃げているうちに、気がつけば帰りの時間になっていた。

隣の美奈をチラリと見る。何事もなかったかのように、私と一緒にいてくれる。お互いに、遠慮して、遠慮させて。

私がふたりに対してどうやって向き合うべきなのか。それがまだわかっていない。

……ちがう、そんなの、嘘だった。全部、全部、逃げるための言い訳。自問自答を繰り返して、一生懸命、逃げてもいい口実を探しているだけだった。

ぎゅ、と机の下でスカートを握り締める私の手が見えた。これが、本当の私の気持ちだった。

やらなくちゃいけないことは、幽霊さんの作り笑顔を見た、あの瞬間にわかった。ただ、そのやり方というものが私にはわからなかった。

担任がたくさんのプリントを抱えて教室に入ってくる。必要最低限の話をしながら、どんどん帰りのＨＲが進んでいく。いつもは一秒でも早く終わってほしいと思っているくせに、今は終わりに向かうたびに、時間を止めてしまいたくなる。

「じゃあ挨拶」

先生の声に、日直が号令をかける。椅子から立ち上がり、軽い挨拶の後にその場にはくだけた空気が生まれる。

美奈は鞄を肩に掛けると、明るい笑顔をこちらに向けた。こうやって、今でも気を遣わせて、遠慮させている。

「また明日ね、安澄」

美奈が私に片手を上げる。美奈に対して伝えたい感情がたくさんあったはずなのに、とっさに口からこぼれたのは、言い慣れた言葉だけ。

「うん。またね」

――これって、本当に友達なのかな。

たった一度だけ小さな事件があったけど、特に目に見える亀裂《きれつ》が入ったわけじゃない。ただ、ふたりの間に静かに〝なにか〟が立ちふさがっただけで。

美奈も私に話したいことがあるはずだ。でも、話したからといってそれがどうなるのかはわからない。

結局、そうやって自分に言い訳をしているうちに美奈の姿は見えなくなっていた。

「相変わらずむーっとなんてしてんな」

開口一番、傷口に塩。さらに辛口な言葉だけに留らず眉間にシワを寄せた私を、幽霊さんはけらけらと笑う。重たい足を引きずるようにして雲井駅の公衆電話を訪れたのに、さらに足が重たくなっただけだ。

「……べつに、むーっとなんてしてません」

自分がむっとした顔をしているのは百も承知だった。それでも私は、ツンとしたまま幽霊さんの言葉を否定した。そんな私を呆れたように見つめ、幽霊さんはつぶやく。

「してる」

「してない」

「してるって」

「……してないです」

否定するくせに、言葉を吐き出すたび眉間にシワが寄っていく私が明らかに惨敗《ざんぱい》だった。

幽霊さんはけらけらと笑いながら、なにかを思い出したように言う。

「あ、もしかしてまだお友達と気まずいままなの？」

ぐさり、と彼の言葉が胸に突き刺さる。そんな私に気づかないのか、幽霊さんは言葉を続ける。

「さっさと言えばいいじゃん。気まずいのが嫌だって」

　簡単に言ってのける幽霊さんに、私は今までで一番眉をひそめた。それから、下唇を噛むのをやめ、声をこぼす。

「言おうと思えばいつでも言えるし、もうちょっと気持ちの整理ができてからでも遅くないなって思っただけです」

　こんなの、嘘つきの強がりだ。じりじりと、目に見えない暑さがアスファルトからのぼってくる。ローファーの底にこもる熱から逃げるように、爪先を上げると、私の正面にいる幽霊さんから「ふうん」なんて挑発的な声が落とされた。

「いつでも言えるって思ってるうちは、いつまでも言わないってことじゃないの?」

　優しくなんかない。私をばかにするような、からかうような口調だ。だけど、幽霊さんの声は私の心に重たく響く。

「じゃあ、私はどうすればいいんですか?」

「だから、そんなの知らないって。他人に言われたことをただ言う通りにしてさ、それで解決できたとして、そこにむーの気持ちはどんだけ含まれるわけ?」

　幽霊さんの言葉が痛いと思うのは、やっぱり核心を突いてくるからだと思う。私が逃げるために用意した道を遠慮なく塞いで、そうして私に本当の答えを求めてくる。

　黙り込む私に、幽霊さんがそっと口を開いた。

「あのさ」

それから、ふと、私に柔らかな笑顔を見せた。不意を衝かれて思わず目を見張る。そのもどかしそうな、やるせないような、諦めたような、複雑な笑みを浮かべたまま、幽霊さんは続ける。

「誰かに自分の気持ちを伝えられることは、当たり前なんかじゃない。伝えたい相手がいて、伝えられる自分がいるから、初めてその当たり前が成り立つんだよ。むーがいつでもできるって言えることを、俺はもう二度とできない」

そう言って、幽霊さんは静かに笑った。垂れた目尻に、小さなえくぼ。挨拶をする時のような何気ない笑顔。それが、幽霊さんの精一杯の強がりだということは、言葉がなくてもなんとなくわかった。

そうして、私がどれだけ彼の心を抉《えぐ》るような言葉を投げ続けていたのかに気がついた。彼がしたくてもできないことを、私は放り捨てようとしたのだ。

罪悪感が胸の中に広がっていく。それと同時に、もう一度、美奈や雪菜ちゃんのことを思い出す。

私が明日ふたりに絶対に会える保障なんてどこにもない。これから私の身になにが起こるのかなんて誰にもわからない。美奈や雪菜ちゃんの身にも。

巻き戻しと再生。同じ日々の繰り返し。毎日がつまらなくて、くだらない。そう思っていたし、今も心のどこかでは、その気持ちは払拭《ふっしょく》できていない。

でも、美奈や雪菜ちゃんと過ごす毎日の中で、私がなにも考えずに笑えていた日々があることも事実だった。壊れかけて、初めてわかった。

幽霊さんが、私の顔を覗き込む。

悲しそうな笑顔は消えていた。遠回りで、不器用な、私のために用意された余裕そうな笑み。

「どうすればいいじゃなくて、むーがどうしたいのかじゃないの？」

私がどうしたいのか。考えているようで、考えていなかった。

どうすればふたりとうまくいくか。そのためにはどんな私で、どんな言葉を伝えればいいのかばかり考えていた。

でもそうじゃないんだ。

三人で当たり前のように言葉を交わせることは、当たり前なんかじゃない。

もしも、三人で会えるのが最後なのだとわかっていたら、私はいったい、どうするのだろう。そう思いながら頭の中を過《よぎ》るのは幽霊さんの言葉。

『遠慮を知ったところで、むーはむーだろ』

〝どうにかしたい〟と思い続けていた時は混乱していた気持ちが、〝私がどうしたいか〟と考えたとたんに、答えに向かって走りだす。

身体の内側から、名前のない気持ちが湧き上がってくる。その先に浮かぶのは、美奈と雪菜ちゃんと、それから私の三人で、屈託なく笑い合っている姿だった。

「……私は、美奈や雪菜ちゃんと、ちゃんと、友達になりたい」

目を見張る幽霊さん。驚いた表情のまま、大きな瞳で何度かまばたきを繰り返す。

「遠慮を知らない私と、友達になってもらえるようにがんばりたい」

そう言葉にしてみても、わずかに戸惑いが残っていた。いざふたりの前に立った時、私はふたりに対して、ちゃんと本音でぶつかれるのだろうか。嫌われるんじゃないか。そんなマイナスなイメージが脳内を駆け巡る。

幽霊さんが私の瞳をじっと、見つめる。まるで私の中に宿る躊躇いを見透かすように。いや、きっと本当に見透かしているんだ。

まばたきを繰り返していた幽霊さんは、不意に満足げな笑みを浮かべた。

「俺は遠慮のないむーを、面白いやつだなって思ってるよ」

私を見下ろし、猫のような瞳を細める。遠慮のない幽霊さんの言葉に、私はなんだか気が抜けたように笑ってしまった。

「がんばります」

はっきりと、目の前の幽霊さんに言い切る。言葉にしたとたん、私の気持ちは形を成した。幽霊さんと交わる視線を逸らさずに見つめ続ける。

幽霊さんは、そっと両手の人差し指を胸の前で立てる。指の腹を互いに見せるように向かい合わせた。いきなりふざけ出した彼に、私はその指を見つめることしかできない。

「おう。勝手にがんばれ」

短い言葉は終始、イタズラっぽい口調だった。唇の端を、きゅ、と持ち上げながら、私を見下ろす綺麗な瞳。

言葉に合わせるように、向かい合う人差し指の第一関節を三回、屈伸《くっしん》させた。人差し指のどちらかが私で、その反対がお友達のつもりだろうか。

「言われなくても、勝手にめちゃくちゃがんばります」

私の言葉を、幽霊さんは鼻で笑った。相変わらず腹が立つ。だけど、自分が浮かべる笑みは崩れなかった。

美奈や雪菜ちゃんと本当の友達になったら、幽霊さんにもっと堂々と向き合ってやる。

少しも弱まらない太陽の日差し。生温い風。やまない蝉の鳴き声。

巻き戻しと再生の繰り返しに、飽き飽きするはずだった。でも、私は、その繰り返しの日々から一歩だけ道を逸れて、自分の足で歩きだそうとしていた。

静かに深呼吸を繰り返す。今ので今日三十八回目の深呼吸だ。

幽霊さんと会うのは、明日だ。明日までにはなんとかしないと、またばかにされる。

そもそも自分の友達のことすらままならない私が、千春さんとのことをどうにかなんて、できっこない。

だけど結局、昨日に引き続きなにもできずに帰りのHRを迎えてしまったのだ。

ちゃんと本心を言わなきゃ。話さなきゃ。そう思って、タイミングを逃し続けた。面と向かって自分の気持ちを伝えるということがどれだけ勇気を要するか、私は全然わかっていなかった。

担任は今日も相変わらずさっさとHRを進めていく。

「それから、進路調査票まだ提出してない人は、今週中だから忘れないように」

担任が片手で進路調査票の紙をひらつかせる。適当に返事をするクラスメイトの中で、私と美奈だけは顔を強張らせた。美奈はさりげなく私から顔を遠ざけるように、反対側の子に話しかけた。わざとではない。たぶん、無意識だ。

帰りの挨拶を終えたとたん、教室が騒がしくなる。私はスクールバッグを机に置いたまま動けずにいた。隣の席の美奈は、もうすでに鞄を肩から提げている。

「安澄、なんかあった？」

そんな美奈の声に、私は慌てて美奈のほうへ顔を向ける。心配そうな表情を浮かべていた美奈は、私と目が合うと、急いで遠慮するような笑顔に切り替わった。

「あ、ごめんごめん。なんでもない。私、今日は部活ないんだ。安澄、じゃあね」

美奈は硬い笑みのまま私に手を振る。

美奈がそんな笑顔を向けるのは、紛れもなく私のせいだ。そうさせてしまったのだ。あの日から。

ちがうな。たぶん、ずっとずっと前からだ。

隣の席にいるはずの美奈がとても遠く感じる。私は突っ立ったまま、ぎゅ、と目をつむった。刹那、脳内に蘇る低い声。

『遠慮を知ったところで、むーはむーだろ』

足元に絡みついていた言い訳の蔦《つた》が、ぷつり、と切れる。

『伝えたい相手がいて、伝えられる自分がいるから初めてその当たり前が成り立つんだよ』

幽霊さんの言葉は背中なんて押してくれない。進むのは、私の勝手。あと一歩。

『そんなの知るかよ。自分でどうにかしなさんな』

いきなり、どうでも良さそうな乾いた声が蘇った。

ああ、なるほど。最初から幽霊さんは伝えてくれていたのに、私は昨日やっと彼の言葉の真意を掴むことができたのか。

幽霊さんは、私が立ち止まる足枷《あしかせ》をいとも簡単に取り去ってくれたのだ。

——私は、どうしたい？

急いで美奈の背中を追いかける。教室を飛び出し、廊下にたむろするたくさんの生徒。その中でさっさと歩みを進める美奈の元に走る。

「美奈！」

手を伸ばし、美奈の腕を掴む。驚いたように、美奈が振り返り私を見た。目をぱちぱちとさせてから、すぐに笑顔を私に向ける。遠慮を知らない私は、そんな美奈を見つめ返した。

「ちゃんと、話したい」

少なくとも私は、美奈と今のままの友達ではいたくない。


放課後の教室に、私と美奈と、それから雪菜ちゃん。私たちの重苦しい空気を察したように、居残りしていたクラスメイトたちはそそくさと出ていった。

美奈を捕まえた後、私は雪菜ちゃんにも同じ言葉をかけて引き止めた。お昼の時間と同じように、私の机の周りを三人の椅子で囲む。

伝えたいことは山ほどあった。ありすぎて、どれから話せばいいのかわからなかった。どうやって話を切り出せばいいのかも。

そうやって悩んで黙り込んでいる時間さえも、どんどん話しづらい空気を作り上げていく。

「私、嬉しい」

重たい雰囲気を破ったのは、雪菜ちゃんの柔らかい声だった。私も美奈も、雪菜ちゃんのほうへ顔を向ける。雪菜ちゃんはにっこりと笑ったまま言葉を続ける。

「安澄ちゃんがこんな真剣に私たちを引き止めたの、初めてだもん」

私の顔を見て、おかしそうに、くすくすと笑う雪菜ちゃん。私は慌てて眉間に手を当てる。また、むーっとした顔でもしていたのだろうか。雪菜ちゃんが、その場の空気を優しく解《ほぐ》してくれた。

きっと私たちの小さな遠慮の積み重ねにも気づいていたはずなのに、知らないふりをしてくれた。そういう形のないものを、私は今までひとつも見ようとしていなかった。

私は、スクールバッグの中から、白紙の進路調査票を出す。それを机の上にのせて、ふたりの前に、そっと置いた。

心臓がいつもより速い。小さく細かく動くから、まるで小さい子の心臓みたいだ。高校生になった私の身体には物足りなくて、呼吸が思わず浅くなる。緊張、していた。

進路調査票からゆっくりと顔を上げる。私を見る雪菜ちゃんとはちがって、美奈はじっとその紙を見つめていた。

強張る顔を見て、私は、大きく息を吸い込んだ。

「美奈、ごめん。真剣に相談に乗ってくれようとしたのに、私、その気持ちに投げやりな返事だけしてた」

私の声に、ずっと黙り込んでいた美奈が慌てて口を開いた。

「ちがうちがう。安澄は悪くないよ。私が無理やり聞こうとしたから」

美奈が私の顔をじっと見つめる。その顔は強張っていない。むしろ、押し込めていた気持ちがにじみ出したように、頬に熱を含んでいる。

「安澄がずっと悩んでるからどうしても心配になっちゃって。安澄って、ひとりでなんでもやろうとして、よく無理してるし」

美奈の声が徐々に、湿っぽくなる。私から視線を逸らし、じっと進路調査票を見つめる美奈の瞳が先ほどより濡れている。私もつられて、喉の奥が熱くなった。

「でも正直、安澄が私になにも話してくれないのは気づいてた。だから安澄にとって、私は友達じゃないのかなって、思っちゃって……」

そう言って、美奈は痛みを隠すように無理やり笑った。口にしたとたん、輪郭を帯びた言葉が胸を突き刺す。

曖昧で形のないものは、ぼんやりと迷路の中に連れ込むけれど、それが言葉をもって形を成したとたん、現実となって襲いかかる。

洟《はな》をすすりながら、美奈がつぶやく。

「だから、遠く感じるなんて言っちゃって……私のほうこそ、本当にごめん」

美奈や雪菜ちゃんに、心のどこかで遠慮をされているのはわかっていた。それが自分のせいであることも。

だけど、そのせいで、美奈をこんなに傷つけているなんて知らなかった。自分のことばかりで、知ろうともしていなかった。美奈は、私への思いを抱えながら、それでも一緒にいてくれたんだ。

隣にいるのが当たり前で、当り障りのない会話だけをして、なんとなく日々をやり過ごせれば、それでいいと思っていた。

私にとっての当たり前は、美奈が一生懸命生み出してくれていたことに今さら気づく。いつの間にか、私の頬にも涙が伝っていた。慌てて、手で拭う。

「……私はちゃんと、ふたりと友達になりたい」

声が少しだけ涙で震えた。美奈は泣きながら、「私も」とうなずく。私は、ぎゅ、と拳を握り締めて、勇気を身体に込めて口を開いた。

「私、本当は全然勉強できないんだ。家に帰ってからもずっと勉強しないとみんなに置いていかれちゃうし、中学も高校も受験で失敗してて、大学は失敗できないってずっと苦しくて……」

静かな教室に、なんだかおかしな三人分の呼吸が響く。私の言葉を、ふたりはただ静かに耳を澄まして聞いている。

一度吐き出すと、溢れたように思いがこぼれ落ちる。

「だから今を楽しむ余裕なんてなくて、それで、私とちがって今を充実させてるふたりをたぶん、心のどこかでうらやましいなって、自分と比べて勝手にイライラして、とうとう美奈に八つ当たりしちゃった」

ぽろぽろと涙が瞳から落ちる。喉が、きゅ、と詰まって、言葉がうまく出てこない。

「ごめん」とつぶやくのが精一杯な私の背中に、ふたりの手が置かれた。

「安澄、話してくれてありがとう」

美奈も私と同じように、泣きながら、それだけを絞り出して、私に笑いかけた。

そんな私たちに、雪菜ちゃんが泣きながらいきなり吹き出したように笑う。きょとんとする私と美奈は、彼女を見つめる。

「っていうかさ、もう友達なんだから、友達になるのは当たり前じゃない？　……あれ、なんか自分でなに言ってるのかわかんなくなっちゃった」

手で口を押え、首を傾げて私と美奈を見る雪菜ちゃん。私も、美奈も、涙で濡れた瞳で雪菜ちゃんを見る。それから変な間を置いて、三人で笑った。

気持ちが解かれた美奈がぼろぼろ泣くので、それを見てまた笑う私たち。

それからしばらく三人でいろんな話をしていた。担任が教室にやって来て帰るように促されたので、しぶしぶと三人で昇降口に向かう。

廊下を歩く。真っ赤な目をする美奈と、私と、そんな私たちを小さく笑う雪菜ちゃんの三人で。

雪菜ちゃんがふと、美奈と私に問いかける。

「そういえば、ふたりは中学からの知り合いなんだっけ」

その言葉に、美奈と顔を見合わせながらうなずく。

雪菜ちゃんとは、美奈が先に親しくなって、私は美奈を通して仲良くなったのだ。笑いのツボが似ているとか、好き嫌いの共通点が多いとか、居心地がいいとか、そんな理由で私たちは一緒にいる。

美奈とは、中学時代にお互いバレーボール部に所属していたので、大会や練習試合でしょっちゅう顔を合わせ、そのたびに話すようになっていった。

「中学の時から安澄って、面倒見が良くて、うちの後輩にも好かれてた。でも、本当はただの負けず嫌いだってこと、私は知ってたよ」

美奈が赤くなった瞳を細めてイタズラに笑う。すっきりしたような顔つきは、いつも通りの美奈そのものだった。

負けず嫌い。確かにそうだ。中学校の時は特にそうだった。でも高校受験で心がへし折れてからは、勝ち負けがつく前に逃げてばかりだ。

「わかるわかる。変わってないいんだね」

でも、雪菜ちゃんは美奈の言葉に深く同意するようにうなずいた。

雪菜ちゃんと会ったのは高校からだ。入学以来無気力に生きているから、そんなところを見せていないはずなのに。

信じられないというような顔で、ふたりを見る。すると、雪菜ちゃんがそんな私を見て、くすくすと笑う。

「素っ気なさそうなのに、なんだかんだ言って、面倒見が良くて優しいし、体育の授業も、行事も、テストも、全部負けず嫌いじゃん、安澄ちゃん」

思いもよらなかった言葉の数々に、恥ずかしさで身体が熱くなる。否定したいのにノリノリで話を盛り上げるふたりに、なにも言えなかった。

階段を下りながら、美奈が笑う。

「どうでもいいって顔しながら、負けたらむーってしかめ面だし、勝ったら嬉しいのに隠そうとして。ほんと、素直じゃないんだから」

美奈の言葉に、雪菜ちゃんがお腹を抱えて「そうそう！」と笑う。

ぶわっと頬にまでのぼりつめた恥ずかしさの火照《ほて》り。私は、前を歩く美奈の肩をバシっと叩く。「痛いなあ」なんて言いながらまた笑う美奈。

私って、やっぱりどこかしらで遠慮のないところが駄々漏《だだも》れだったんだ。

「めっちゃ恥ずかしい。負けず嫌いすぎてダサいじゃん!!」

真っ赤であろう顔を両手で隠す。美奈や雪菜ちゃんの言葉の通りだとしたらもっと恥ずかしい。

全然隠せていないくせに、自分ではなんにもやる気がないように見せつけて、気取っていたのだから……。

今すぐにでも穴を掘って過去を埋めてしまいたい。

思わず立ち止まる私の肩を、今度はふたりの手が叩いた。「もう、痛いよ」と言って、ふたりの肩を叩き返してから気づく。これだ。負けず嫌い。

軽くだけど、無意識にやり返していた。

そんな私に、美奈は明るい笑顔を向ける。

「負けず嫌いで素直じゃない安澄がいいんじゃん？」

その言葉に、ずっと抱えていた心の重しが外れてふっと軽くなった気がした。

『むーはむーだろ』

真っ直ぐ私を見てそう言った幽霊さんのように、ふたりはありのままの私を受け入れてくれた。

恥ずかしいのに嬉しい。なんだか不思議な気分だ。照れくさくなってはにかむと、そんな私をふたりはまた楽しそうにいじってくるのだ。

下駄箱で靴を履き替え、校門に向かう。自転車通学をしている生徒も多いが、美奈は徒歩圏内、雪菜ちゃんはバス通学、私は電車通学だ。

「ごはんでも食べに行く？」

校門の下でそう言ったのは美奈。ここらへんでごはんといえば、ファストフード店一択だ。

でも私は、どうしても今すぐ幽霊さんのところに行きたかった。会いたいという感情よりは、前に進んだ私を見てほしかったのだと思う。それから彼が私になんて言うのかも正直、気になっていた。

「ごめん。私、今から行くとこあって」

私の言葉に、ふたりはちょっぴり寂しそうな顔をする。まだ立ち話を続けるふたりに別れを告げ、駅に向かう道を歩きだした。

だけど、すぐに振り返る。

ふたりに話さなければならないのか、黙っておくべきか。未だに悩んでいる。

美奈が私を心配してくれた時に、私が悩んでいた本当の理由を。

素直に幽霊さんのことを打ち明けても混乱を招くだけだと思う。信じてくれたとしても、契約解消と共に幽霊さんの記憶は消える。いろんなことが頭の中を飛び交ってまとまらない。

自分たちのところに戻ってきた私を、ふたりは怪訝な顔で見つめる。私は悩みながら、ゆっくりと口を開いた。

「あのね、実は美奈が心配してくれた時、本当は進路じゃなくて、全然ちがうことで悩んでたんだ」

どうしても濁《にご》るような声になってしまう。それは、迷いの中で紡いだからだ。この続きをどうやって話すべきか。まだ、答えは出ない。

下に向かいそうになる視線を、意識してふたりの顔へと向ける。美奈は、じっと私を見つめていた。けれど、ふっと口元を綻《ほころ》ばせて笑った。

「安澄が相談したくなったら、いつでも聞くからね」

「……いいの？」

美奈の声に思わず、間髪入れずに答えていた。

いろんな色を混ぜ込んだひとつのボール。その言葉には、いろんな思いがこもっていた。

美奈はそれでいいのか。私が話したい時に、美奈に相談してもいいのか。きっとすぐには飲み込めないような話でもいいのか。

「友達なんだから、当たり前でしょ！」

屈託なく笑い、躊躇いもなく受け止められた私のボール。

その当たり前の裏に隠れていた美奈の優しさに、胸がぎゅ、と詰まった。

電車を降りたら、私は走っていた。太陽の熱になんか負けないくらいに、足を大きく前に踏み出す。

走ると公衆電話まではあっという間だ。

「幽霊さん！」

周りに人がいないのをいいことに、叫ぶ。でも、予想に反して人がいた。私は慌てて口を手で隠した。

ガードレールの下にしゃがみ込んでいた人が驚いたように、私を見た。

三十代半ばくらいだろうか、不健康な細い身体をした女の人だった。目が合うと、女性は私から逃げるように視線を外した。うつむくように身を小さくし、わずかな会《え》釈《しゃく》をして私の横を通り過ぎる。

一瞬、この女性も幽霊なのかと思ってしまうくらい生気《せいき》がなかった。振り返ると、身体を引きずるように歩く背中が痛々しい。

公衆電話のほうへ向き直すと、女性がしゃがみ込んでいた場所に無意識に目がいく。

ガードレールの前には、花束と缶の飲み物。

テレビのニュースでたまに目にするように、事件が起きて誰かが亡くなった場所に供えられているものと、同じ。

「むー、なにしてんの」

低い声が私の意識を今に戻す。顔を上げて、幽霊さんの顔を見ると、不思議そうに私の顔をまじまじと見ていた。夜空色の瞳には今日も、星が詰め込まれている。

なんだか、幽霊さんの姿を見たらホッとして、笑顔を浮かべようとした。

だけど、幽霊さんへと視線を移す最中に、それが視界に入ってしまった。

――お供え物。

とたん、私は誤魔化すように作り笑いをする。

「間違って来ちゃっただけです。もう、帰ります」

美奈たちのことを幽霊さんに話せるような気持ちではなくなってしまった。

それを彼に言うことが、とても失礼なことのように感じてしまった。そう思うことこそ、失礼なのに。

私は見抜かれる前に、踵《きびす》を返して駅へと歩きだす。

もしかしたら、さっきの女性も駅で電車を待っているかもしれない。その考えが過ったら少しだけ足が重たくなった。

走ってここまで来た時は、太陽の暑さなんてものともしなかったのに。今は、嫌気が差すくらい暑いと感じてしまう。気持ちが湿っているから、なおさら。

「むー」

風が吹くと同時に、幽霊さんが私の名前を呼んだ。後ろから、こつん、と飛んできた素っ気ない声は背中にぶつかって音もなく地面に落ちた。

私は、振り返ってどんな顔をすればいいのかわからず、そのまま歩き続けた。

また、二歩、歩みを進める。

アスファルトに転がる小石が、私のローファーの先に当たった。

「むー、よかったな」

はっきりと透き通る声に、私は反射的に振り返っていた。

振り返った先、公衆電話の横に幽霊さんが立っていた。私を見つめるその瞳には、いつもより星が輝いていた。

ゆったりと、猫があくびをするように気まぐれに細められた瞳。その顔を見て、私は幽霊さんの言葉の意味を掴んだ。

彼は、私がどうしてここに来たのかを見抜いていたのだ。幽霊さんに伝えたくて来たことも筒抜けだった。

見透かしていながらも、幽霊さんは、私に合わせてくれた。鼻で笑うわけでもなく、褒めるわけでもない。優しい表情で、私を見るだけだった。

嬉しかったのに、それよりも気持ちを見透かされていたことが恥ずかしかった。

「……ありがとうございます」

早口で言い捨てる。この恥ずかしさは、美奈と雪菜ちゃんにもついさっきしてやられたものに似ている。

負けず嫌いが顔を出し悔しさがにじむ私の声に、幽霊さんは吹き出すように笑った。

それから眉間に指を当てて、私に言う。

「そうやってむーってしているうちは、ずっとむーって呼ぶから」

その言葉に、私は、また、慌てて眉間に指を当てるのだった。

第6話　死人に口なし

事態は一向に進展していなかった。

「うまくいかねえな」

それは幽霊さんも痛感していた。

「……はい」

千春さんは私が思っているよりも、そして幽霊さんが思っているよりも、固く心を閉ざしていた。

私たちは、千春さんの怒りが鎮まったであろうと踏んだ日からふたたび、彼女との接触を図《はか》ろうと動き出したのだ。

家の前で待ち伏せて偶然を装ったり、彼女のバイト先であるカラオケ店に突撃《とつげき》したり、高校の前で待ち伏せしたり……。

だが、どれもこれもことごとく無視され、その上警察を呼ぶなどと言ってスマホを取り出した彼女から、何度逃げだしたことか。

会うたびに拒絶の視線を向けられ、私の存在がないかのように扱われる。

確かに私は、千春さんから見れば変人以外の何者でもないんだけれども。それでも少しは信用してほしい、と思わず泣きそうになった。

誰かと友達になることって、こんなに難しいものなのだろうか。ちなみに今日も、一切口を利いてもらえなかったのである。

隣を歩く幽霊さんも、やるせない顔でなにかを考え込んでいる。

幽霊さんの苛立った顔を以前よりも見るようになった。相手に自分が視えないという壁に直面するたびに、その表情はさらに難しそうな色を深めていった。

そんな顔をした後に決まって、私の顔を見つめる幽霊さん。

「悪いな、俺の妹のせいで」

そうやって、私にこぼすのだ。

幽霊さんは〝自分のせいで〟私がこんな思いをしているのだと気にしている。しかも私をあからさまに拒絶するのは彼の妹。

その上、妹には自分の姿はまったく視えないし、信用なんてしてもらえない。

私自身、その場で足踏みどころか、どんどん後退しているような気さえした。

家に帰ると、全員分の靴が玄関に並んでいた。会社勤めの父の革靴。外出する時にいつも履いている母の靴。佳澄のローファー。少し離れたところに、自分のローファーを脱ぎ捨てた。

「……ただいま」

ぼそりと、小さな声でつぶやく。光の漏れる明るいリビングの扉を開けることなく通り過ぎ、二階に上がってそのまま自室へ向かう。すると、私の足音に気づいたのか、リビングの扉が開いた。

「安澄、帰ってきたなら『ただいま』ぐらい言いなさいって言ってるでしょ」

昨日と同じように吐かれた母親の言葉に、私は黙ったまま階段を上がる。

静かな二階の廊下。佳澄の部屋からかすかに音が漏れている。不意に上がる歓声と共に、聞き慣れた音がする。

バレーボールの試合でも観ているのだろう。中学生の時は、私もよくテレビの録画や、ネットに上がっている試合の動画を観ていた。私と同じ部活に入った妹も、私の真似をして観始めた。

昔は仲が悪いわけではなかったし、むしろ良かったほうだと思う。姉妹に大きな差が出なければ、今だって普通にうまくやっていたのかもしれない。

自分の部屋に入り、電気を点けた。今日も、朝、もぬけの殻にしたベッドは整理整頓されていた。ふと、勉強机の上に見慣れない分厚い本があることに気づき、近づいて手に取って見る。

大学受験案内の本。その下には、予備校の申し込み用紙も置いてあった。

一気に心の奥が冷えていく。

投げ捨てるように勉強机の上に置いて、制服のまま、ベッドの上に倒れ込む。

進路調査票は白紙のまま提出した。たぶん、学年主任の三浦先生に呼び出されるだろう。でも、行く気もないのに無理には書けなかった。

美奈や雪菜ちゃんに、一生懸命言葉を伝えた時はちがう。私は、ふたりにちゃんと遠慮のない私で向き合いたかった。

だけど家族とは、真剣に向き合うだけ無駄だと思ってしまう。もうばかみたいに、家族のせいでうんざりする気持ちを味わいたくなかった。

父は、秀才だった。ひとりっ子で、裕福《ゆうふく》な家庭で育ったから挫折なんて知らないのかもしれない。

仕事が忙しくて、これまで私たち子供に割いてくれた時間は少ない。学校行事にはもちろん来ない。入学式も、卒業式も、学校の前で写真を撮ったらすぐに会社に行ってしまう。その割には、学業や進路についてはあれこれと口を出す。

母の両親は昔気質《かたぎ》の厳しい人たちだったらしい。大学に進みたかった母は両親に反対されて専門学校に進み、事務員として勤めた先で父と出逢った。

母は、気持ちが弱ると〝たられば〟を並べて、今ではない未来に思いを馳《は》せた。

『他の人と結婚していたら』『あの時、あそこに就職していなかったら』

その〝たられば〟に、私という子供はいないんじゃないかと冷静に思うようになった時に、私は家族が嫌になったのだと思う。

理想を押しつけられて、押し返して、そんなことばかりを繰り返している。

「ただいまって、言ったじゃん」

今さら、つぶやいた。

血が繋がっているからこそ、そこには鬱陶《うっとう》しい感情がストレートに混じる。どう足《あ》掻《が》いても血が繋がっている。切っても切れない縁なのだ。

だから、単純に許せないのかもしれない。

『いい大学に行けば、高校なんて関係ないよ』

何度再生しても擦り切れることを知らない言葉。むしろ、思い出すたびにその言葉は鋭利《えいり》なものになって、私の心に深く突き刺さる。

この言葉こそが、私の中でなにかが確実に壊れてしまった原因だった。

私の失敗は、私自身の問題だと割り切って、自分たちはきちんと親の役目を果たしているような顔をする。

子供のいいところは自分のおかげ。子供のダメなところは、本人の努力不足。

目を閉じた。たぶん、私は〝あの日〟から、親を許せなくなったんだ。

翌朝の火曜日、私はスクールバッグを肩に掛けたままリビングへ下りていった。父も妹もすでに家を出ている。

家族がごはんを囲む四人掛けのテーブルには、私の朝食だけが置いてあった。その横には、ランチバッグに入ったお弁当もある。

それを眺めていると、スリッパで廊下を歩く音が聞こえた。その音が止まり、洗濯物を抱えた母が顔を覗かせる。

「急がないと遅刻するよ」

急かすような声。私は、テーブルの上に大学受験案内の本と予備校の入学案内の紙を置いた。母がそれに気づいて口を開く。

「もうそろそろ決めないと、大学受験に間に合わないでしょう？」

こうやって、親としてやるべきことはやっている。だからこれでまた私が失敗しても自己責任。そう突きつけられている気がした。

私は、真っ直ぐ、母を見つめる。私の表情はあの日からずいぶん変わったと、自分でも思う。母はまったく変わらない。なにひとつ変わらず、母親の顔のまま私を見る。

「大学なんて行かない。もう、お弁当も作らなくていいから」

自分で思ったよりも低い声だった。突き放すようにそれだけ言い捨てると、玄関に向かう。

進路調査票を白紙で出したことによって、私の中ではっきりと見えていた両親の敷いたレールが、未来のないさびれた道になったのだ。このレールの上を歩きたくないという私の願望が見せたものだということもわかっている。

母が慌てて洗濯かごを抱えたまま追いかけてくる。

「ちょっと安澄！　待ちなさい」

甲高い声を無視して、扉を開ける。

「さっきは急げって言ったのに、今度は待てって、どこまでも勝手だよね」

大学に行かない。だからといってやりたいことなんてなし、考える気にもなれなかった。

私は幽霊さんと千春さんのことを頭の片隅から引っ張り出して、代わりに進路のことを隅へ追いやった。


「今週の土曜に、西女《にしじょ》で練習試合なんだよね」

購買で唐揚げ弁当を買うのをやめてそう言ったのは美奈。私はパンふたつを買い終えて、そんな美奈を見る。雪菜ちゃんはお茶を買うために、先に自動販売機に並んでいる。

〝西女〟という言葉に反応した。西女といえば千春さんが通う女子高の名前を略した呼び方だ。

結局、美奈はおにぎりをひとつだけ買った。

「美奈、それで足りるの？」

雪菜ちゃんの元へ向かいながら聞く。すると美奈は、顔をくしゃりと歪ませてうなだれた。

「足りないよ全然。でも最近太っちゃってさあ」

そんなことを言うけれど、気にする必要なんてないくらい美奈は細い。部活をやっているから、筋肉もきちんとついている。

雪菜ちゃんの元にたどり着くと彼女は美奈のおにぎりを見て、私と同じ質問をする。美奈は寂しそうにおにぎりを眺めながらつぶやく。

「部活の時に、動けなくなっててさ。もしかしてと思って体重測ったら案《あん》の定《じょう》だよ」

いつもの唐揚げ弁当はお預けらしい。雪菜ちゃんとふたりでうなだれる美奈を励ましながら教室に向かう。

「てか、安澄は食べるようになったよね」

私のパンふたつを眺めなら何気なく美奈が言った。「確かに」とこちらを向く雪菜ちゃん。

蘇るのは、部屋でひとりお弁当を食べる自分の姿だった。私はそんな記憶を流し去るように、笑った。

「もうお弁当食べなくていいからさ」

明るい私の声に、ふたりはきょとんとした顔を並べた。お弁当ってなに？　そんな言葉が顔にそれぞれ貼りつけてある。

私は、美奈の言葉を思い出し、口を開いた。

「ねえねえ、土曜の西女でやる練習試合って、私も観に行ってもいいのかな?」

教室の扉は開けっ放しだ。騒がしい廊下を抜けても、結局、教室も騒がしい。私たちのクラスではない生徒たちも出たり入ったりしている。

「いいんじゃん? 保護者も来てるし」

私の机の上に三人分のお昼ごはんがのる。

そこで雪菜ちゃんがからかうように美奈に問いかけた。

「美奈の彼氏も来るの?」

「来るわけないじゃん。てか、来てほしくないよ」

ふたりの話を聞きながら、私はそのまま椅子に腰かける。美奈と雪菜ちゃんは自分の椅子を取りに行った。

少し離れた雪菜ちゃんの席の近くが騒がしくなった。勝手に雪菜ちゃんの椅子を他のクラスの男子が座ってしまっていて、椅子の取り合いが始まったのだ。

そんな光景を眺めて笑いながら、美奈は運んできた自分の椅子に座ると話を戻した。

「もしかして佳澄ちゃんの応援?」

「え?」

首を傾げた私に、美奈も「あれ？　ちがうの？」なんて不思議そうに訊ねる。佳澄のことはまったく頭になかったので、私はなにも言えなくなる。

中学時代の私を知る美奈は、もちろん佳澄のことも知っていた。佳澄は、私の妹でもあり、同じバレーボール部で先輩を差し置いてエースの看板を背負っていたのだから。

美奈は佳澄のことを気に入っていた。高校に入ってからも、美奈から佳澄の話は時々流れ込んできた。

「東稜《とうりょう》も来るんだよ。まあ、うちらのチームは相手にならないだろうけどね」

佳澄の通っている東稜高校は文武両道《ぶんぶりょうどう》を実現している学校で、有名な大学へ毎年多くの生徒を進学させ、かつ全国大会へと進む部活も多い。

そして、東稜は私の落ちた高校でもある。

私は、蘇る悪夢にも似た記憶を振り払うように、小さくうつむきほんの少しだけ首を左右に振った。忘れたい。その一心だった。

ガタ、と椅子が床に擦れる音がした。雪菜ちゃんが疲れた顔をしながらその椅子に腰かける。やっとこさ、椅子の取り合いに勝ったのだろう。私も美奈も、そんな雪菜ちゃんを見て笑う。

話はすぐに雪菜ちゃんの椅子の戦いへと流れた。

「じゃんけんで逆転勝ちだよ」

そう言って誇らしげにガッツポーズをする雪菜ちゃんを、美奈がお腹を抱えて笑う。私も一緒になって笑いながら、お昼を過ごした。

五限の授業が始まると、生徒の大半は眠そうに頭をこくこくさせる。私は頬杖をついて、先生の声を聞きながら考えごとをしていた。

東稜に行った佳澄と、東稜に落ちた私が衝突するように、無意識のうちに記憶の中が引っかき回される。その苦すぎる気持ちから逃避しようと、私は今、解決すべき問題である千春さんのことを考えた。

確か、初めて千春さんに会った時に彼女は制服を着ていた。土曜日だったのに、だ。土曜日に学校で会えたら、友達になるチャンスだ。

なんて声をかければいいのか、それればかりを考えているうちに授業は終わっていた。放課後を迎え、私は今日も幽霊さんの元に向かう。高校生になってこんなに雲井駅を利用するなんて、思ってもみなかった。

小さい頃は、佳澄とふたりでおばあちゃんの家に行くのが楽しみだった。

わざわざ私たちのために用意してくれたお菓子は、どれもお年寄りが好きそうな和菓子ばかりだった。私たちが好きなのはチョコやケーキだったけれど、おばあちゃんがくれる和菓子は、おいしいというよりも嬉しい味がした。

嬉しい味なんて、もうずっと感じていない。思い出そうとしても、浮かぶのはおばあちゃんが優しく微笑む顔と、幼い私と佳澄の笑った顔だけだ。

英会話教室に行く私を、佳澄が泣きながら追いかけてきたこともある。あの頃のほうがよっぽど〝お姉ちゃん〟だったのに、今じゃそこから逃げている。

公衆電話にたどり着くと、ガードレールに置かれた花はしおれていた。夏に、よく日差しが当たるところにずっと置かれていたら無理もない。

幽霊さんは、しばらく私に気がつかなかった。なにかを考え込むように、眉間にシワを寄せて遠くを見ている。そんな横顔を見ながら、どっちが〝むー〟だよと思う。

だけど、こんな顔をさせているのは紛れもなく私だとわかっていた。私が全然、千春さんと友達になれる見込みがないから。まずは、千春さんに心を開いてもらえないと、幽霊さんのお手伝いをすることもできない。

今はただ、前進しない日々を消費しているだけ。

「幽霊さん」

声をかけて、初めて私に気づいた幽霊さん。難しい顔を解くように少しだけ口角を上げる。

彼はこうやって、私に正直な顔を隠そうとする。それが、私と似ている。本当の自分の感情を隠したがっているようにしか見えない。

「じゃあ……行くか」

そう言った幽霊さんの夜空色の瞳は、雲で覆われていて、星が視えない。濁った色の夜空だった。私はそんな彼の隣に並んで、今日も千春さんに会いに行く。

暑さはそのたびに拍車をかけて、じっとしていても汗がじんわりと浮かぶ。

それでも、幽霊さんの服装は相変わらず黒のロングTシャツにスキニーだった。

どんなに太陽が空高くのぼって光を届けても、幽霊さんに影は伸びない。心地いい風が気まぐれに吹いても、彼の髪は一本たりともなびかない。揺れる木々を、草を、風と共に飛ぶ蝶を、幽霊さんは暗い瞳で眺めるだけだ。

幽霊さんと左に曲がり、家々が建ち並ぶ道に入る。

鳥が頭上を飛んでいく。飛行機雲がいつまで経っても消えないから、明日はきっと雨だろう。

「ひまわり、こないだは咲いてなかったですよね」

庭の広い家に咲くひまわりに気がついて言うと、私の視線を追って幽霊さんもひまわりを見た。

「……かもな」

心ここにあらずな声。

ひまわりの咲く家を通り過ぎ、突き当りを斜め右に行く。開いているのかどうかもわからない文房具屋さんの横をさらに歩いていく。文房具屋さんを過ぎて、三棟並んだアパートも通り過ぎる。

そこで幽霊さんが立ち止まった。

彼の視線の先には、おしゃれな一軒家。門の前には小さな花壇があるけれど、なにも植えられていないそこは、幽霊さんの家だ。

未だにインターフォンを押す勇気なんてない。家の中に明かりが少しもないので、たぶん、誰もいないのだと思う。

二年前の情報だが、当時は両親が共働きで帰ってくるのが遅いことは、幽霊さんから聞いていた。

千春さんのことについても、名前や誕生日、血液型や好きなものなど、多少聞いていた。それをうまく活用できずにいるのは、私の力不足以外のなにものでもない。

千春さんがちゃんと聞いてくれていたかどうかは定かではないが、私は会うたびに自己紹介を繰り返した。学生証を見せたこともある。

だからか、拒絶されるような視線は前よりも和らいだ。嫌悪するような目つきは相変わらずだけれど。

自分でもどうしてここまで必死になっているのか、よくわかっていなかった。ただ、幽霊さんの難しい顔が増えるたびに、どうにかしなきゃと思った。

幽霊さんと無言のまま、どれくらい待っていたかはわからない。

「……もう、いい加減にしてくれませんか」

足が疲れたな、とうつむいていたらいつの間にか千春さんがいた。冷たい瞳の下で、への字に曲がる唇。その顔は、どちらかというと呆れていた。

「こんなことしてすみません。でも、どうしても私と友達になってほしいんです」

そして、話を聞いてほしいんです。その言葉は飲み込んだ。

隣で幽霊さんはじっと千春さんを見つめている。今日も、彼は千春さんの瞳には映らない。

千春さんは呆れたように長いため息を吐き出す。

「あなた、初対面で私になんて言ったか、覚えてますか？」

もちろん覚えている。脳内で何度、あの時の自分の頭を叩いたかわからない。パニックになった私は、ここに幽霊さんがいると彼女に言ったのだ。

後悔しながらもうなずくと、千春さんはさらに目を細めて厳しい顔つきになった。

彼女はそのまま門に手を掛ける。

「嘘つきと、誰が友達になりたいと思いますか？」

嘘つきって響きは、たぶんいくつになっても慣れないものだと思う。私は顔面を殴られたように固まってしまった。

なにも言えない私に、千春さんが続ける。

「どこから聞いたのかは知らないけど、兄のことを簡単に利用するなんて、信じられない」

少しだけ千春さんの声が震え、瞳を細めた。苦しさを押し込めるように、眉をひそめている。

言葉をぶつけられているのは、確かに私なのに。声を漏らすたびに、苦しそうに歪む千春さんの表情に、私は戸惑ってしまった。吐き出した言葉は、自分自身を追い込んでいるように感じられたから。

千春さんは門を開けて、真っ直ぐ私に怒りをぶつけた。

「そんな最低な人とは、友達どころか——」

「千春！」

反射的に幽霊さんが叫んだ。

「人として関わりたくない」

驚いて彼を見る私に、千春さんの声が届いた。

彼女に幽霊さんの声は届かないことは、私よりも誰よりも幽霊さんが一番わかっている。そのはずなのに、幽霊さんは千春さんの声を遮るように叫んだ。

少しだけうつむく幽霊さんは、下唇を噛み締めていた。ただただ、ぐっと、血がにじむのではないかと思うほど、強く。

身体がないのだから、血など出ない。それでも思わず心配してしまった。それくらい、苦しそうな顔だった。

千春さんはそのまま振り返ることなく、家の中へと入っていってしまった。


立ち去ることもできずしばらく放心状態が続く。

ひとつ、ひとつ。心に刺さった棘《とげ》を抜くように、千春さんの言葉を消化していく。

今日もダメだった。そう思うと、自然と深いため息がこぼれていた。落ち込むよりも、千春さんの苦しそうな顔がずっと頭の中に残っていた。

聞き慣れた音色が町中のどこかから流れている。

子供の頃に、この音が鳴ったら家へ帰る約束をしている家庭が多かった。私の家もそうで、長年刷り込まれたその意識は、気の抜けた今の私には大きく鳴り響いた。

「幽霊さん、帰りましょう」

ぽつり。それだけをつぶやくと、幽霊さんは複雑な顔を静かに緩め、うなずいた。

ふたりで、無言のまま公衆電話まで歩き続ける。

気がつかないうちに陽は長くなっていた。午後五時には真夜中と変わらないほど真っ暗になる冬とはちがい、六時を過ぎても赤い空が残っている。

行きにも見たひまわりを帰りも目で探していると、太陽へと向かって顔を上げていたひまわりは、大人しくその場で咲いていた。そう見えるだけかもしれないけれど。

会話はないまま、公衆電話へとたどり着く。

「じゃ、帰りますね」

ぎこちない私の言葉。幽霊さんは、しばらく間を置いてから「うん」とだけつぶやいた。やっぱり、心ここにあらずだ。

幽霊さんに背を向けてすぐ、「むー」と少し硬い声で名前を呼ばれた。振り返ると、彼の視線は斜め下に落とされたままだった。本当に名前を呼ばれたのか、自分の耳を疑ってしまうほどだった。

「……明日はいいよ。明後日も。金曜に待ってる」

瞳を合わすことなく、幽霊さんは私にそう言った。

明日も、明後日も、千春さんのところには行かないということだ。

声は出さず、首を縦に振った。こちらを向かない幽霊さんに、ささやかな当てつけをするように。

駅へ向かう道で浮かんでくるのは、幽霊さんの苦しそうな顔と、千春さんの苦しそうな顔。

もうずいぶんと、幽霊さんの余裕ぶった笑顔を見ていない気がする。

幽霊さんに言われた通り、私は金曜日まで会いに行かなかった。

雪菜ちゃんは委員会で学校に居残りだ。美奈とふたりで教室を出て、部室に向かう美奈と昇降口に向かう私は突き当りの廊下でお別れだ。

「美奈、また明日」

そう言って手を振れば、美奈は首を傾げてから思い出したように笑った。

「そうだ。練習試合見に来るんだった。また明日」

もう一度、美奈に手を振ってから私は昇降口に向かう。

いつもより少しだけ急いでいた。たった二日間会っていないだけなのに、幽霊さんが急に視えなくなっていたらどうしようと考えてしまったのだ。

そしてなにより、どんな表情で彼があの公衆電話で過ごしていたのか、心配だった。

私ががんばらないと、幽霊さんも千春さんも、あの苦しい顔をしたままになってしまう。

幽霊さんのことが視える、私にしかできないことがあるはずだから。

雲井駅に着いて、急いで改札を抜ける。

閑散とした町に私の足音だけが鳴る。蝉の鳴き声が、木々を通り過ぎるたび大きく聞こえる。古びた煙草の自動販売機が不定期に変な音を立てる。私が横を走り抜けた時に、その音がかすかに聞こえた。

少しの距離しか走っていないのに、全力だったからか息が上がっていた。公衆電話には、当たり前のように幽霊さんがいた。そのことに心のどこかでホッとする自分に気づく。

幽霊さんは私にすぐ気がついて猫のように目を細める。

「走ったの？」

呼吸の荒い私に、笑いながらそう言う幽霊さん。そんな彼の笑顔に違和感を持ちながらも、私はうなずく。走ったせいで乱れた前髪を直しながら、幽霊さんの隣まで歩み寄る。

日に日に暑さは増していく。まだ迎えていない夏休みへの誘惑をかき立てるように、温度は上昇するばかりだ。

そんな中でも、幽霊さんの格好は初めて会った時から変わらない。

「……もう、やめるか」

気まぐれのように何気なくこぼされた言葉は、幽霊さんが苦しんで悩み抜いて、その上で吐き出したものだということはすぐにわかった。

私は一瞬、本気でなにを言っているのかわからず「え？」と聞き返していた。

やめるという幽霊さんの言葉が、千春さんのことだとわかった。私は、考えるよりも先に口を開いていた。

「それでいいんですか？」

自分で思っているよりも真っ直ぐ通る声だった。なにも言わずに私を見つめるだけの彼にふたたび続ける。

「幽霊さんは、本当にやめればいいと思ってるんですか？」

言葉が次から次へと喉まで込み上げてくる。

今やめたら幽霊さんはどうなるんですか。千春さんはあのままでいいんですか。やめたいと思ったのはどうしてですか。私のせい、ですか。

じっと見つめていると、幽霊さんの瞳がかすかに揺れた。

わかった。今の幽霊さんの瞳は、夜空色なんかじゃない。雲に覆われて濁っていたんじゃない。

海だ。深い深い海の中の色だ。溺れて死んでしまうくらい、深い海。

幽霊さんは、小さな声でつぶやいた。

「そうするしかないだろ」

その答えに噛みついた。

「どうして――」

「じゃあ、むーはこれから先、千春と友達になれる可能性はあんのか？」

低い声で言い切ると、幽霊さんははっと目を見開いてから苦い顔を浮かべた。私の顔を一瞥すると、さらに唇を噛み締めて、ぐしゃりと大きな手で茶色の髪を乱した。

私の言葉で、ひた隠しにしていた幽霊さんの気持ちに穴があいたんだ。私から瞳を逸らした幽霊さんはそのまま目を伏《ふ》せた。

私はなにも言い返せなかった。幽霊さんの言葉が槍となって私に突き刺さったから。ふたたび、目が合った瞬間、私はその場から逃げるように走りだしていた。

次の日の土曜日。私はひとりで西女の体育館にいた。かなり大きな体育館に感嘆してしまう。

始まる時間などは夜のうちに美奈が連絡をくれた。佳澄が来るということは知っていたけれど、家の中で会っても特に会話はしなかった。

母はあれから、隙あらば私に将来のことについて話を持ちかけてきた。私が両親に真っ向から逆らったのは初めてのことだったので、ふたりとも戸惑いを感じているようだ。ひたすら自室にこもって考えるのは結局、幽霊さんのことだけだった。

体育館の二階から、練習試合を見下ろす。いくつもの高校が集まってきているらしい。

コートは二面で、それぞれ試合が始まる。一面は美奈たちだ。隣では、東稜が整列していて、コートに並ぶメンバーの中に佳澄もいた。

強豪校で有名な東稜は部員の数も多い。その中で、一年生にもかかわらずレギュラー入りするのは簡単なことじゃない。私だったら絶対に無理だ。

同じように中学からバレーボールを始めたはずなのに、佳澄はどんなことも難なくこなした。一年遅くバレーボールを始めた佳澄に私が技術で抜かれるのに、一年もかからなかった。その瞬間、私は高校ではバレーボールを続ける選択肢を切り捨てた。

目もくらむくらい差がついてしまえば、佳澄のことを純粋に尊敬できるのだろうか。今はまだ、姉としてのつまらないプライドが邪魔をしている。

試合が始まって、活気溢れる声がコートの中からも外からも響く。ボールの音。笛の音。生で観るのも聞くのも中学以来で懐かしい。いつの間にか夢中になって試合を観ていた。

コートの外から全体を見ていると気づくことが多い。

美奈はやっぱりうまい。しなやかな鞭《むち》のように細い腕で、強烈なスパイクを放つ。隣の東稜は圧倒的な点差で勝ちに向かっている。でも、さっきから失点を生み出すのは、紛れもなく佳澄だった。

スパイカーである佳澄が、セッターの選手とうまくいっていないのがわかった。佳澄はミスをしても、チームメイトの声かけに相変わらずの笑顔を浮かべるだけ。次のセットになっても、その試合が終わっても、佳澄とセッターの子の呼吸は乱れたままだった。

美奈と佳澄の試合が終わり、トイレに向かう。そこの鏡を見て、無意識のうちにむっとしていた顔に気づいた。

その原因は、わかるようでわからない。

体育館は校舎のすぐ隣に建っていた。千春さんに会える可能性はかなり低いのはわかっていたけれど、体育館の窓から見える昇降口を、暇さえあれば覗いていた。

可能性が低いということは、ないわけじゃないということだから。

『じゃあ、むーはこれから先、千春と友達になれる可能性はあんのか？』

昨日の幽霊さんが放った言葉を思い出すたびに、そうやって自分に言い聞かせた。

わずかな期待も虚しく、結局、練習試合が終わっても千春さんには会えなかったけれど。

現地解散をした美奈と西女の近くにあるファミリーレストランで待ち合わせた。空腹に泣く美奈は、我慢し切れずごはんを口いっぱいに頬張っていた。

「美奈のスパイクはやっぱりすごい」

ドリンクバーのオレンジジュースを飲みながら言うと、美奈は嬉しそうに笑う。烏龍茶《ウーロンちゃ》で口をさっぱりさせてから、美奈は口を開いた。

「佳澄ちゃん、スランプ？」

いきなりそう聞かれても私にはわからなかった。だけど、あれはスランプというような問題ではないと思う。首を傾げる私に美奈は続ける。

「あの東稜で一年でレギュラー入りしてるの、佳澄ちゃんとセッターの子だけなんだよ。他は全員三年生みたいだし、二年生もうまい子いっぱいいるんだけど」

美奈の言葉に、試合の様子が脳内で再生されていた。

ふたりの乱れの原因をなんとなく察《さっ》する私。美奈は佳澄を尊敬しながらふたたびごはんを頬張った。

久しぶりに美奈とバレーボールの話で盛り上がり、あっという間に時間は過ぎる。明日も練習があるという美奈と別れ、家に帰った。

もうあたりは真っ暗で、空一面に星が広がっている。

カエルの鳴き声がどこからともなく風に吹かれてやってくる。家々は電気が点いていたり、いなかったり。

そんな中、我が家は家の中に明かりが灯っていた。玄関の扉を開ける前に、もう一度だけ夜空を見上げる。

幽霊さんの瞳は夜空色だった。星の輝きをたくさん詰め込んだ瞳。

でもいつの間にか、なにも映らない深海の色に変わってしまった――。

ゆっくりと深呼吸をしてから家の中に入った。玄関に並ぶ靴を見て、全員が帰ってきていることがわかる。扉の鍵を閉めていれば、後ろからぱたぱたとスリッパの音が聞こえた。その音だけで姿を見なくとも誰だかわかる。

「安澄、遅くなるなら連絡しなさい」

私は母の顔を見ることなく、靴を脱ぐ。家に上がる前に、私を見つめる母と目が合ったけれどすぐに逸らし、階段のほうへ向かって歩きだす。

「ねえ、大学に行かないなら、お父さんとお母さんが納得するようにきちんと説明して」

返事代わりの大きなため息を母に聞こえるようにこぼした。

私はもう母のほうを見ることなく二階へ駆け上がる。自室の扉を開けようとした時、無意識に妹の部屋を見ていた。

ガチャ、と佳澄の部屋の扉が開く。佳澄は廊下にいる私に気づくと、明るい笑みを浮かべた。いつもの当り障りのない笑み。

「お姉ちゃん、今日、練習試合観に来てたでしょ？」

まさか気づいているとは思わず、考える前にうなずいていた。私の反応に佳澄は嬉しそうに笑みを深めた。

いつもは会話なんてしない。でも、今日の私は、少なからず気になっていることがあった。

佳澄は私と目を合わせたまま、明るかった笑みをほんの少しだけ曇らせた。

「……今、なんか私スランプで」

私はそんな佳澄に、遠慮なく言葉を放った。

「セッターの子とうまくいってないんでしょ？」

私の言葉に、心底驚いたように目を見開いて固まる佳澄は、なにかが解けたように自然な笑みを浮かべた。

「うん……。同じ一年生なんだけど、なんか嫌われてるみたいで。話しかけても聞いてもらえなくて」

佳澄は自分の長所に気がついていない。素直で嫌味がなく先輩からかわいがられるタイプだ。それは試合を見ていてもわかった。

たぶんセッターの子は、うらやましいという感情がこじれて、嫌いになってしまったのだと思う。

三年生だらけのコート内でも、佳澄は受け入れられていた。それに比べて自信家でプライドの高そうなセッターの子は、年上が苦手なのだろう。

実際どんな問題が佳澄たちの中で起こっているのかはわからないけれど。

黙ったまま話を聞く私に、佳澄は言葉を続ける。

「同じバレー部だから、友達としてもうまくやっていきたいんだけど……」

なんて言いながら少し諦めた口調。向こうの子が佳澄と友達になる気なんてないことは、佳澄自身も気づいているのではないか。

私は傍観者《ぼうかんしゃ》としての立場から冷静に口を出す。

「友達にならなくてもいいんじゃない？　仲良しごっこするためにバレーやってるんじゃないんでしょ」

私の目を真っ直ぐ見つめる佳澄は、私の言葉に不意を衝かれたように少しだけ目を見開いた。それからひとつずつ、私の言葉を飲み込むように小さくうなずく。

「友達にならなくたってチームメイトなんだから、佳澄の意見が伝わるまで言えば？」

今日の試合を観ていて素直に感じたことを言い切る。佳澄は私の言葉を咀嚼し終えると、ぱっと明るい笑顔を見せて安心したように笑った。

「ありがとう」

そう言った佳澄から視線を逸らす。扉を開け、自分の部屋に入ろうとする私に、佳澄が慌てて声を私に放った。もう、こんなに話すチャンスはないと言わんばかりの勢いだった。

「お姉ちゃん、私の誕生日、〝すき焼き〟ってお願いしてもいいかな?」

そう言われて、佳澄の誕生日が迫っていることに気づく。私は視線を落としたまま素っ気ない声を返す。

「……好きにすれば」

そのまま部屋に入り、扉を閉める。

〝あの日〟から、家族ですき焼きなんて食べてない。食べる気もない。私には関係ないから好きにすればいい。

カーペットの上に座り、スマホを開いて、ぼんやりと画面を眺める。

出来のいい佳澄は、悩みなんてないものだとずっとそう思い込んできた。

中学までは同じ学校に通い、部活も一緒だった。小さな悩みは聞いたことがあるけれど、佳澄はものともしなかった。

だから今日の佳澄は、初めて見る佳澄だった。いろんな憤《いきどお》りを押し込めて、笑って、笑顔の隙間で悔しそうな顔をして、泣きそうな顔をして。今日は、佳澄がただの妹に思えた。

しばらく時間が経った頃、こんこん、と扉が外からノックされた。その後すぐに「お風呂空いたよ」と佳澄の声が届く。返事をして、お風呂に入る準備をする。

佳澄の声を聞いて、さっきまで自分が話したことを思い出す。

――友達じゃなくてもいい。

その言葉に、ハッとした。点と点が線になる。

まるで言葉のブーメランだった。頭に浮かぶのは、私に鋭い視線を向ける千春さん。お風呂に入る前に、スマホで目覚ましをセットする。いつもは日曜日になんて目覚ましなんてかけないけれど、明日は別だ。


翌日、アラームで目覚めた私は、さっさと支度を終えて電車に飛び乗っていた。行く先はもちろん雲井駅の公衆電話だ。めずらしくその日は雨で、車窓にぶつかる雨粒を無意識にぼんやりと眺めていた。

前に幽霊さんから流れ込んできた記憶の中でも、雨が降っていた。幽霊さんはこんな日に、いったいどんな顔で空を見ているのだろうか。私は、そんな彼にどんな言葉をかければいいのだろう。

雲井駅を出て、傘を差す。雨がしとしとと降り続く中、歩き続ける。いつも通り公衆電話のところに、幽霊さんの姿があった。

ぼう、とガードレールを見下ろすその顔には、なんの表情もない。雨は、幽霊さんの身体をすり抜けて地面のアスファルトをぬらす。

無言で彼の元に近づくと、すぐに私に気がつく幽霊さん。人の気配で顔を上げてこちらを向いた彼は、私だと認識すると戸惑いの顔を見せた後くしゃり、と顔を歪ませる。

「……なんで来たの」

幽霊さんの目の前まで行くと、彼はそれだけを絞り出した。私と目を合わせようとしない幽霊さんを、なにも言わずに見つめる。

彼は、ぎゅ、と噛み締めていた唇を不意に緩めた。

「あんなこと言って、悪かった」

伏せられた長いまつげがかすかに揺れる。私は、傘を幽霊さんのほうに傾ける。相合傘だ。視線を上げた幽霊さんは、そのことに気がつく。

彼に傘は必要ない。そんなことはわかっていた。幽霊さんに実体はないけれど、それでも彼に雨がすり抜けないように私は傘を傾けた。

「私は、負けず嫌いなんだそうです。仲良しの友達が教えてくれたので、たぶん間違いないと思います」

幽霊さんが千春さんのことをやめると言ったからって、私はやめたりなんかしない。私がやりたいと思うからやるし、傘だって私が差し出したいから差し出す。私は、私の意思で動く。

決意の固まった私の瞳に、幽霊さんは不意を衝かれたようにしばらくぽかんとしていたけど、ふっと緩んだように目を細めた。その瞳の奥で、星が小さく光った。

幽霊さんは気が抜けたように、息を吐き出す。酸素も二酸化炭素も含まれない幽霊さんの呼吸は、とても静かだった。

ひとつの傘に収まるふたり分の身体。

「……千春に会うたびに、死を実感してた」

弱々しく紡がれた幽霊さんの声。肩を寄り添わせるように横並びにしたから、幽霊さんの横顔しか見ることはできない。

「最初は千春に逢えただけで嬉しかった。もう一生、顔も見られないと思ってたから」

そう低い声でつぶやく。それから沈んだ空間を軽くするかのように「死んでるから〝一生〟って使用不可か」と笑い声と共に落とした。

私は切なくなりながらも、幽霊さんの優しさを受け取めるために静かに口角を上げる。

「でも、千春には俺が視えない。声も届かない。俺のせいで苦しむ千春を、俺は救えない」

雨粒が傘にぶつかる。

傘の透明な鍵盤《けんばん》は低いドの音しか用意していないのか、空から落ちてくる雨粒がドの形をしているのか。不定期にドを奏でる傘の下で、私はじっと幽霊さんの話を聞いていた。

「その上、本来なら苦しむ必要のないむーのことまで、結果的に傷つけて苦しめることになった。俺のせいで」

ああ、だから、やめようとしたのか。

私のことまで考えてくれているとは思ってもみなかった。てっきり、私が千春さんとうまくいかないせいで幽霊さんが苦しんでいるのだとばかり思っていた。不覚にも、幽霊さんの優しさが垣間見えたことに私は喜んでいた。

私は隣の幽霊さんを見上げる。

「千春さんと友達になろうとするのは、やめます」

千春さんと友達にならなければ、先の段階に進めないとばかり思い込んでいた。そのせいで、本当にすべきことを忘れていた。

「仲良しごっこなんてしなくたって、私は千春さんに幽霊さんのことを伝えることはできますから」

私は最初から、幽霊さんのために千春さんに声をかけたのだ。本気で友達になりたいとはたぶん、思っていなかった。半ば無理なんじゃないかと思っていたし。

でも、私に幽霊さんが視えることは嘘なんかじゃない。嘘ではなく本当だということを、千春さんにわかってもらうことをもっとがんばるべきだった。

ぐ、と傘を持つ手に力を込める。

「千春さんには幽霊さんのことを信じてもらうしかないんです。だから、教えてください。幽霊さんと、千春さんのこと」

幽霊さんは目を見張って、私を見つめていた。しばらくそのままだったが、まったく折れない私の瞳の力強さに負けたように顔を緩めた。

その目尻にできたシワが、上がった口角の先にへこんだえくぼが、なぜだか懐かしく感じた。

第7話　わだかまりの温もり

ふたりでひとつの傘の中、幽霊さんの実家へと向かう。

そこへ向かう中で幽霊さんは私に、千春さんのことと幽霊さんのことを教えてくれた。

「俺が死んだ日は、千春の誕生日だったんだ」

そうつぶやいた幽霊さんは、わずかに視線を落とす。

私は返す言葉も見つからず、唇を固く結んだまま話を聞くことしかできない。雨で濡れた地面を歩く足音は、私の分しか聞こえない。

「千春はその時ちょうど受験真っ只中で、そのストレスも相当たまってた。まだ反抗期だったし、あの日もいきなり気持ちが荒れたらしくて」

私も当時の記憶を引っ張り出す。毎日、毎日、学校でも家でも机に向かっていた。終わりの見えない日々に、勉強道具を投げ捨てたくなった。

そうかと思えば、いきなり受験日が目の前に立ちはだかって眠るのが怖くなって、不安な気持ちでひたすら問題を解いていたりもした。今思い出しても、気が狂いそうなくらい張りつめた日々を送っていたと思う。

千春さんと私は同い年だ。幽霊さんが亡くなったのは二年前だから、今十七の私たちは十五だった。

大切な人と二度と会えなくなることは、言葉では表せないほど辛く苦しいのに、受験や思春期の最中に家族を失う気持ちは、計り知れない。

「大学でひとり暮らししてる俺に電話かけてきて、親と喧嘩《けんか》したから今から俺のところに来るって言いだして。もう夜も遅かったし、ここは電車も全然ないだろ？」

ひまわりが咲く家を進んでいく。雨の中、寂しそうに咲いている姿は少しだけ隣にいる幽霊さんに似ている。

「今からは無理だから、明日俺がそっちに帰るからって説得しようとしたらさ……」

そこで言葉を飲み込んだ幽霊さん。少しだけ悲しそうな困ったような表情を浮かべて口をつぐんだ。この続きがきっと、ふたりを今でも苦しめている呪いなのだと、その雰囲気から感じ取れた。

地面に落としていた幽霊さんの瞳が私のほうへ向けられた。

夜空色の瞳が、きゅ、と細くなる。優しい笑みを浮かべて、切り替えたような口調を並べた。

「仕方なく、妹思いのお兄ちゃんは夜中にバイクを走らせて、日付が変わってすぐに、あっけなく死んじゃったわけ」

無理だと言っても、千春さんのために翌朝を待たずに幽霊さんは実家に向かったのだ。その優しさが、どうしてこんな結果を招いてしまったのだろう。

神様はなにを思って、生きる人と死ぬ人を分けるのだろう。

幽霊さんの実家が遠くに見える。うつむく私に、幽霊さんの低い声が届いた。

「千春に言い残した言葉があるんだ。俺の代わりに、むーが千春に伝えてくれるって信じてる」

顔を上げると、幽霊さんは余裕の笑みを浮かべていた。ぐっと、手で拳を作り、私に向ける。大きくて骨ばった手。

私は、幽霊さんの真似をして右手でぐーを作り、その手を彼のぐーに近づけた。手と手がぶつかる感触はない。それでも、私は幽霊さんとなにかが繋がった気がした。

今までは、守りの姿勢だった。でも前のめりなくらい攻めの気持ちでいかないと、信じてなんかもらえない。

初めて、千春さんの家のインターフォンを押した。そのときに『倉谷《くらたに》』という表札が目に入ってしまい、慌てて顔を逸らす。

しばらくすると、ガチャリ、と玄関の扉が少しだけ開いた。チェーンは繋がれたまま だ。そこから顔を覗かせたのは、千春さんだった。私は彼女が拒絶の視線を向ける前に勢いよく口を開いた。

「もう友達になろうなんて言いません。私は、幽霊さんが、千春さんのお兄さんが残した言葉を、千春さんに伝えるために会いに来ました」

私の勢いに驚いた千春さん。ぶつけられた私の言葉に引っかかるものを感じたのか、かすかに瞳の奥を揺らした。

私は、負けず嫌いだ。その気持ちが自分の背中を押す。

「私は嘘なんかついてませんし、ふざけてもいません。信じてもらえないと思うけど、信じてもらうしかないんです。私には今、幽霊さんが視えているんです」

千春さんは、困惑していた顔をしかめた。まだ、信じてもらえない。いつ信じてもらえるのかなんてわからない。でも、信じてもらうしかない。

千春さんは無言のまま扉を閉めようとした。私は、その扉の隙間に、そこから見える千春さんに向かって声を大にして伝える。

「明日も来ます。信じてもらえるまで、何度でも会いに行きます！」

ばたん、と容赦なく扉は閉まった。とたんに、挑むために高まっていた気持ちが萎《しぼ》んでいく。

自分を落ち着かせるために深呼吸を繰り返す。隣の幽霊さんを見て、笑う。彼も私を見下ろして、少しだけ困ったように肩をすくめた。

先はまだまだ長そうだ。

それからは宣言通り、千春さんに毎日会いに行った。

一方的に私が幽霊さんに聞いたことを伝えると、千春さんは私の言葉に、時々、戸惑う顔を見せることもあった。

かすかに手応えを感じても、次の瞬間には拒絶された。一度拒否されると、それ以上はなにも言わなかった。その代わり、休むことなく千春さんに会いに行った。

私は幽霊さんから千春さんのことを聞くにつれて、幽霊さんのことも知るようになっていった。

幽霊さんのご両親は、離婚しているということ。母子家庭で育った幽霊さんと千春さんは、お母さんの再婚で現在の家庭で育つことになったこと。今のお父さんとは、幽霊さんと千春さんに血の繋がりはないこと。幽霊さんは千春さんの四つ上の兄であること。

「あ、〝耳が燃える〟」

「え?」

斜め前を歩いていた幽霊さんが振り向いた。突拍子もない彼の言葉に、口をぽかんと開けたまま固まる私。

幽霊さんは白い歯を見せて、はにかむ。歩みを止めて私の顔を見つめたまま、彼は自身の両耳を両手でぐにーっと引っ張った。

自分の身体には触れることができるらしい。それなのに、私は幽霊さんに触れられないし、その逆も然《しか》りだ。

「俺と千春だけが昔から内緒で使ってる合言葉なんだよね。親に怒られた時とか、お互いがうるさいなあって感じた時に『耳が燃えるんだけど』って言ってさ」

幽霊さんが懐かしむように、大きな瞳を細めた。長いまつげが瞳に影を作る。

千春さんの笑った顔なんて見たことがない。それなのに、幽霊さんの話に出る千春さんはいつも笑っていた。その顔が安易《あんい》に思い浮かぶほど、幽霊さんと千春さんは仲のいい兄妹だったんだとわかる。

「本当は耳が痛いって言うけど、千春が間違って使い始めたのがきっかけ」

私は、何度もうなずく。今日は、この話で千春さんの鋼《はがね》のハートに挑むんだ。

でも、私を見る目尻の上がった瞳を思い出して、落ち込んでしまった。

「どうしよう。私、千春さんのところに毎日行きすぎて、それこそ耳が燃えるって思われてるかも。千春さんのブラックリストには一番に名前が載ってる気がします」

「耳が燃えるどころじゃないだろ」

「ちょっとは否定してくださいよ」

ネガティブな気持ちはない。でも、信じてもらうためにはなにをすればいいのか、わからなくなっていた。

どうしたらいいんだろう。考えれば考えるほど、出口は遠くなっていく。

幽霊さんは白目になる私を見下ろして、柔らかい笑みを浮かべた。

「でも千春、むーの顔をよく見るようになったよ。今は、拒絶してるっていうよりも探ってる感じがする。まあ、動揺させまくってるしな」

幽霊さんの言葉に、私も頭の中で振り返る。

確かに、よく驚いた顔をするようになった。幽霊さんが話してくれる千春さんとの昔話を、私がそのまま千春さんに言っているだけだけれど。赤の他人である私がその類《たぐい》の話をすると、千春さんは目を見開いて固まる。

幽霊さんの言う通り、動揺しているのは確かだ。でも、気味悪がられているのも確実だ。

「っていうか、ブラックリストも否定してくれないんですね」

「え？　だって、むーって千春の嫌いそうなタイプだもん」

ぐさっと刺さる。夜空色の瞳を取り戻した幽霊さんは、遠慮のない口調まで戻ってきた。〝オブラート〟って言葉を今度教えてあげようと思う。

ここで素直に傷ついた顔をしてしまったら負けるような気がしたから、思わず眉間にシワを寄せる。そんな私の顔を眺め、幽霊さんは半笑いのまま言う。

「意味がわからないところで負けず嫌いで、むーっとしているくせに妙に優しくて、不器用なくせに自分でどんどん迷路に突っ込んでいくようなタイプ」

タイプを通り越して、むしろ私ひとりのことを説明されているみたいだ。私は幽霊さんを睨みつける。目が合うと、彼は気を遣う様子もなくけらけらと笑った。

「やけにリアルですね。でも私も嫌いです、そういうタイプ」

それだけを言い捨てる。私の言葉に、きょとん、と小首を傾げた幽霊さん。

その時に元気な声が聞こえてそちらに顔を向けると、道の向こうにランドセルを背負った三人の子供がいた。

私はその中である物に意識が向いた。小学生のひとりがランドセルの脇《わき》に付けている御守り。

脳内の奥でなにかを引っ張り出すように、瞳がそれから離せなかった。

思い出せ、思い出せ……。

必死で記憶の引き出しを開ける。答えが出そうで、出ない。ランドセルが遠ざかる。御守りをつけた子が走りだすと、答えも遠くなっていく気がした。

下唇を噛んで、何気なく幽霊さんに視線を向けた。その姿を視界に捉えた瞬間、求めていた記憶の引き出しが音もなく開いた。

——幽霊さんが見せてくれた記憶。

黒いリュックサックの奥にぐしゃりと潰れた白い袋。そこからほんの少しだけ顔を出していた小さな御守り。意識がおぼろげになって、途絶えるその瞬間まで、幽霊さんは小さな御守りを見ていたのだ。だから彼の中に入って同じ記憶をたどった私も、その御守りを見つめていた。

私は幽霊さんに声をかける。

「あの日の御守りを買いに行きましょう！」


千春さんの家のインターフォンを鳴らすのが、いつもよりずいぶんと遅くなった。少ししてからチェーンのついたままの扉が開き、こちらに顔を見せた千春さん。

「帰って」

私から逃げるように扉を閉めようとする千春さん。いつもだったらここで引き下がる。でも、今日こそは、と思うのと同時に私は叫んだ。

「耳が燃える」

その瞬間、ぴたり、と千春さんの動きが止まった。だけど、こちらに顔を向けてくれる気配はない。私は構わず言葉を続ける。

「〝耳が燃える〟は千春さんと幽霊さんのふたりだけの合言葉なんだって、嬉しそうに教えてくれたんです」

動きを止めていた千春さんが、ゆっくりと私に顔を向けた。見張られた目に映るのは、私だけだ。隣の幽霊さんはただ黙って、千春さんを見つめている。

彼女は泣きそうな顔をして、視線を落とした。

「千春さんが、耳が痛いを間違えて使い始めたのがきっかけだったことも、幽霊さんに教えてもらいました」

千春さんが唇を噛み締める。私はスカートのポケットに入れた御守りを取り出し、扉の隙間にそれを滑り込ませて、私の手中に収まるそれを千春さんに見せた。

もしかしたら信じてくれるかもしれない。これでやっと幽霊さんの言葉を千春さんに届けることができるかもしれない。

でも、千春さんは御守りを見て、眉間にシワを寄せた。

「……なにこれ」

予想外の反応に、私も幽霊さんも戸惑う。確かにこれは、あの日の御守りだ。幽霊さんの遺族である彼女が知らないはずはない。

「あれ、千春。お客さん？」

いきなり背後から気の抜けた声がした。私は慌てて振り返る。そこには、すらりと背の高い男の人が立っていた。

スーツがよく似合う男性は、四十代後半くらいに見える。

「親父……」

幽霊さんがつぶやく。この家を訪ねてもいつも千春さんとしか会わなかった。だから幽霊さんのお父さんと顔を合わせるのは初めてだった。

「千春の友達？」

その声に、私は幽霊さんから視線を変えた。穏やかな笑顔を向けられ、

「こんばんは」と頭を下げることしかできない。友達ですと言うのはちがうし、だからって友達じゃないとも言えない。

ガチャ、とチェーンが外れる音がした。千春さんがなにも言わずに外したのだ。

お父さんがこちらにやって来る。うまいアドリブも浮かばない。無意識のうちに手に力がこもっていた。

くしゃ、と御守りを入れていた白い袋が音を立てると、袋から半端に身を乗り出していた御守りが、地面に落ちた。

私よりも先に、お父さんがその御守りを拾い上げてくれる。

「すみません」

そう言って手を伸ばす。御守りをじっと見つめていたお父さんは、なにか考え込むような顔をしていた。そっと私に顔を向けたその顔は穏やかそのものだった。

そして私の手のひらに、御守りを置く。

「もしかしてきみは、お兄ちゃんのお友達？」

お父さんは、私に優しい笑顔で訊ねる。お兄ちゃんというのは、幽霊さんのことなのだろう。私は、迷うことなくうなずいた。

そんな私を見て、彼は「そうか」と優しい相づちを打つ。それから家の扉を開けて、私を家の中へと入れてくれたのだ。

千春さんは、そんなお父さんの反応を見て諦めたように、私を自分の部屋へと招き入れてくれた。

かわいらしいもので埋め尽くされた千春さんの部屋。

お互いに黙り込んだままの時間が過ぎる。幽霊さんは私たちから少し離れた扉の前で立っている。

重たい沈黙を破ったのは、千春さんだった。

「……〝幽霊さん〟は、私のお兄ちゃんで間違いないんですよね」

カーペットの上に座った私の頭上から、まだ躊躇いの残った小さな声が降り注いだ。

私は勢いよく顔を上げる。

千春さんはまだ少し戸惑っているようだが、真っ直ぐに私を見つめていた。そんな彼女を見つめ返してから、慌てて幽霊さんのほうを見る。

彼は私と目が合うと、目尻にシワを作って笑った。私はホッと胸を撫で下ろしてから、千春さんに顔を戻し、迷うことなくうなずいて見せる。

彼女は、そんな私に、苦しそうに顔を歪めた。

今まで溜め込んでいたものの欠片《かけら》をこぼすように、千春さんは震える唇を開いた。

「……私が、お兄ちゃんを殺したんです」

あまりにも唐突な話に、言葉を失った。うつむいた彼女の表情は見えない。私は視線のやり場を探しながらも、最後は彼女の顔へと戻していった。

泣きそうな顔をした千春さんが私を見る。

「お兄ちゃんが死んじゃった日のこと、聞いてますか？」

彼女の問いかけに、私は小さくうなずいた。優しい幽霊さんが千春さんのためにバイクを走らせたことは、もうすでに聞いていた。

弱り切ったように、千春さんはさらに顔をくしゃりと崩した。

ずっとずっと、今の今まで彼女は仮面を被っていたのだ。平気なふりをして、強いふりをして、毎日を過ごしていた。本当の自分を必死に隠すために、私を拒絶していた。それが、今の千春さんから伝わってきた。

「私、謝りたいんです……あの日のこと、お兄ちゃんに――」

千春さんは、喉になにかが突っかかったかのように黙り込んだ。

小さな既視感《きしかん》。でもそれは、すぐに答えと結びついた。それは、幽霊さんがあの日の話をした時に言葉を飲み込んだのと同じものだった。

やはり、この言葉の続きが、ふたりの苦しみの元凶だったのだ。

千春さんは思いを溜め込むように、黙り込んでしまった。私は、どうしていいのかわからず、ちらりと幽霊さんのほうへ視線を向けた。

彼は、腕を組んで優しい瞳で千春さんを見つめていた。それから私の視線に気がつき、こちらに顔を向ける。穏やかな笑顔のまま、幽霊さんは私に向かって声をこぼす。

「……むー、千春に大丈夫だよって伝えて」

私は幽霊さんに向かってうなずく。それから、千春さんにそっと言葉を紡いだ。

「〝大丈夫だよ〟」

私の言葉に、千春さんは顔を上げた。こちらを向いた千春さんの大きな瞳にはうっすらと涙の膜が張りついている。私は彼女の瞳を見つめ返したまま、言葉を続ける。

「あの、幽霊さんからです。〝大丈夫だよ〟って千春さんに伝えてと言われました」

じっと私を見つめる千春さんは、今でも少し私を疑っているのだろう。それでも、しばらくしてから小さくうなずいてくれた。

張り詰めたような空気の中、千春さんが小さく息を吸った。その呼吸は震えていた。

「私、あの日……お兄ちゃんに『死ね』って言っちゃったんです。電話越しに一方的に言い捨てて、そのまま電話を切りました。あの頃の私にとって『死ね』は、ばかとかうざいとかと同じくらい、簡単な言葉だったんです……」

千春さんの声がさらに震えていく。それと同時に彼女の瞳にはぶわっと涙が溢れ出した。くしゃり、と歪んだ顔に、ぼたぼた、と大粒の涙が伝い、彼女のスカートの上に落ちる。

幽霊さんは、静かに千春さんのことを見つめているだけだった。

「でも、お兄ちゃんは本当に死んじゃった……私が『死ね』って言ったから、無理に帰ってきてって言っちゃったから、電話をかけちゃったから、親と喧嘩したから……私の、誕生日だったせいで……っ」

千春さんの後悔が次から次へと溢れ出す。涙交じりに告白されていく言葉は、もうどうすることもできない、逃げ場すらない苦しみに満ちたものだった。

私も気がつかないうちに、じわり、と涙の膜が瞳を覆っていた。それでも必死に涙をこらえる。

第三者の私が、簡単に千春さんの後悔を否定することなんてできない。それをしたところで千春さんの心は救われないし、私は自分の無力さを思い知るだけだと、そう思った。

千春さんは堰《せき》を切ったように泣きながら、声を落としていく。

「私のせいでお兄ちゃんは死んじゃったんです……！　お母さんも、お父さんも、私のせいでお兄ちゃんが死んだと思ってる。きっと、お兄ちゃんも、お母さんもお父さんも、私を憎んで恨んでる——」

「それだけはちがう！　……と思います」

お手数ですが
切手をおはり
ください。

郵便はがき

104-0031

東京都中央区京橋1-3-1
八重洲口大栄ビル7階

スターツ出版(株)　書籍編集部
愛読者アンケート係

(フリガナ)
氏　　名

住　　所　　〒

TEL　　携帯／PHS

E-Mailアドレス

年齢　　性別

職業
1. 学生(小・中・高・大学(院)・専門学校)　2. 会社員・公務員
3. 会社・団体役員　4.パート・アルバイト　5. 自営業
6. 自由業（　　　）7. 主婦　8. 無職
9. その他（　　　）

今後、小社から新刊等の各種ご案内やアンケートのお願いをお送りしてもよろしいですか？
1. はい　2. いいえ　3. すでに届いている

※お手数ですが裏面もご記入ください。

お客様の情報を統計調査データとして使用するために利用させていただきます。
また頂いた個人情報に弊社からのお知らせをお送りさせて頂く場合があります。
個人情報保護管理責任者：スターツ出版株式会社 販売部 部長
連絡先：TEL 03-6202-0311

愛読者カード

お買い上げいただき、ありがとうございました！
今後の編集の参考にさせていただきますので、
下記の設問にお答えいただければ幸いです。よろしくお願いいたします。

本書のタイトル（　　　　　　　　　　　　　　　　　　　　　　　　　）

ご購入の理由は？　1. 内容に興味がある　2. タイトルにひかれた　3. カバー(装丁)が好き　4. 帯(表紙に巻いてある言葉)にひかれた　5. 本の巻末広告を見て　6. 小説サイト「野いちご」「Berry's Cafe」を見て　7. 知人からの口コミ　8. 雑誌・紹介記事をみて　9. 本でしか読めない番外編や追加エピソードがある　10. 著者のファンだから　11. あらすじを見て　12. その他

本書を読んだ感想は？　1. とても満足　2. 満足　3. ふつう　4. 不満

本書の作品を小説サイト「野いちご」「Berry's Cafe」で読んだことがありますか？
1.「野いちご」で読んだ　2.「Berry's Cafe」で読んだ　3. 読んだことがない　4.「野いちご」「Berry's Cafe」を知らない

上の質問で、1または2と答えた人に質問です。「野いちご」「Berry's Cafe」で読んだことのある作品を、本でもご購入された理由は？　1. また読み返したいから　2.いつでも読めるように手元においておきたいから　3. カバー(装丁)が良かったから　4. 著者のファンだから　5. その他（　　　　　　　　　　　　　　　　　）

1カ月に何冊くらい小説を本で買いますか？　1. 1～2冊買う　2. 3冊以上買う　3. 不定期で時々買う　4. 昔はよく買っていたが今はめったに買わない　5. 今回はじめて買った

本を選ぶときに参考にするものは？　1. 友達からの口コミ　2. 書店で見て　3. ホームページ　4. 雑誌　5. テレビ　6. その他（　　　　　　　　　　　　　　　　　）

スマホ、ケータイは持ってますか？
1. スマホを持っている　2. ガラケーを持っている　3. 持っていない

ご意見・ご感想をお聞かせください。

文庫化希望の作品があったら教えて下さい。

生活の中で、興味関心のあること、悩みごとなどあれば、教えてください。

いただいたご意見を本の帯または新聞・雑誌・インターネット等の広告に使用させていただいてもよろしいですか？　1. よい　2. 匿名ならOK　3. 不可

ご協力、ありがとうございました！

気がついたら私は千春さんの声を遮っていた。でも、第三者だからとか、そんなことは関係なく、この言葉は正しいという自信があった。

思い出すのは、千春さんとの思い出を話す幽霊さんの笑顔。幽霊さんは死んでもなお今日という日まで、必死に千春さんのことを思っていた。その中に千春さんを憎むような気持ちは、幽霊さんからは微塵《みじん》も感じられなかった。

涙でぐしゃぐしゃになった千春さんが、苦しそうに私を見つめる。嗚咽《おえつ》交じりでとめどなく涙を流す彼女を真っ直ぐに見つめる。

それから、自分の思いを固めるために幽霊さんのほうを向いた。

彼は、私の言葉に多少驚いた様子を見せていたけれど、私と目が合うと、私の背中を押すように、微笑みを浮かべたまま力強くうなずいた。

私はそんな幽霊さんにうなずき返して、ふたたび千春さんへと顔を向ける。

「幽霊さんは、千春さんを恨んだことなんてない。千春さんを恨んでるのは、千春さん自身なんじゃないですか？」

瞳を見開いた千春さんは私を静かに見つめ返すだけ。

沈黙が続く。千春さんの部屋に立てかけてある時計の音だけが部屋に響く中、私は小さく深呼吸を繰り返す。

「幽霊さんがずっと、ずっと千春さんに言いたかったのは……」

そうつぶやいて、チラリと幽霊さんを見る。すると彼は、そっと千春さんのほうへ歩み寄った。おそるおそる、それでも覚悟を決めたように、千春さんの頭に触れる。

幽霊さんの手は千春さんの頭に添えられた。不器用に撫でる彼の手は時折、彼女の頭をすり抜けてしまう。

「千春、誕生日おめでとう」

ゆっくりと、二年分の思いが込められた幽霊さんの声が彼女に降り注がれる。けれど、千春さんは涙を溜め込んだ瞳で私を見つめるだけだ。

幽霊さんの今までのたった一瞬の動作も、声も、千春さんには届かない。

私は、それがたまらなく悲しくて、悔しくて、切なくて、やるせなくて、思わず涙をこぼしてしまっていた。

急に泣き出した私に、驚く千春さん。それでも私は、私のやるべきことをやらなくてはならない。

唇をぐっと噛み締めて、両手で頬に伝う涙を拭う。それから洟を一度すすって、顔を上げた。溢れ出した気持ちで乱れた呼吸を整えてから、真っ直ぐ千春さんを見つめて。

「〝千春、誕生日おめでとう〟」

私の声に、千春さんは曖昧な笑顔を浮かべる。この言葉の真意を掴めずに、戸惑っているのだ。

「これが、幽霊さんが千春さんに、今日までずっと言いたかった言葉です」

その瞬間、千春さんは苦しそうに顔を歪め、その場に泣き崩れた。

何度も、何度も、彼女は「お兄ちゃん」と嗚咽交じりの声でつぶやきながら泣いた。

そのたびに、温かな眼差《まなざ》しで、千春さんの頭を撫でる幽霊さん。

胸がひどく苦しかった。いっそ私ではなくて、千春さんが幽霊さんと契約を結べたら、どんなに良かっただろうと思う。

千春さんは、二年分の涙をすべて流し出すように泣き続けた。ぼろぼろ、とめどなく流れる涙。私も勝手に頬を伝う涙を懸命に拭い続けた。

千春さんに寄り添う幽霊さんから、涙はこぼれない。彼はきっと、どんなに泣きたくても、泣けないんだ。そう思うと、私が泣くのはちがうと思った。でも、それでも涙が止まらなかった。

しばらく泣き続けていた千春さんは、時間が経つにつれて落ち着きを取り戻していった。最後は、泣き疲れたように、真っ赤になった顔で、私を見た。

瞳の縁に残る涙の欠片を拭った千春さんは洟をすすり、私に涙声で言った。

「……お兄ちゃんは今、どこにいるんですか？」

私はその言葉に、幽霊さんを見た。彼も私を見て、笑う。それから、少し切なそうに瞳を細めると口を開いた。

「内緒って伝えて」

私の戸惑った表情に、幽霊さんは首を横に振った。夜空色の瞳に、星が溢れるほど詰まっていた。少しだけ悲しそうに、その星が千春さんを見下ろしていた。

「さよなら、できなくなっちゃうだろ」

幽霊さんの穏やかな声に、私は喉の奥が、きゅう、と苦しくなった。ひた隠しにした幽霊さんの気持ちはぎりぎりのところで食い止められている。私は、彼に従うためにそっとうなずいた。

千春さんは私の視線の先を追いかけていたのか、いろんなところをきょろきょろと見回していた。私と目が合うと、力強く見つめ返してくる。

「〝内緒〟だそうです」

「どうして?」

「さよならできなくなっちゃうから、だそうです」

その瞬間、千春さんの顔が悲しみに満ちた。伏せられた瞳は涙で濡れ、まつ毛がかすかに揺れる。

ぎゅう、とスカートを握り締めている。涙を流し切っても千春さんの悲しみは身体の中に詰まっていた。それでも、彼女は一生懸命、笑顔を浮かべようとしていた。

誰にも心配をかけないように、自分の気持ちを押し込めるように、彼女は今までずっと平気な顔で笑おうとしていたのだ。

今もきっと、目に視えない幽霊さんを安心させるために笑顔を作ろうとしている。大きな瞳の縁に光る涙の欠片。苦しさを隠すように中途半端に上がる口角。

その顔を、懐かしく思う私がいた。記憶の中のどの私がそう思っているのかはわからない。でも、その懐かしさから、記憶の思い出が突然こぼれ出た。

「千春さん、私、今からすごい寒いこと言いますけど、真剣なのでちゃんと笑ってくださいね」

唐突な言葉に、千春さんは怪訝な顔を浮かべた。千春さんの側で私を見つめる幽霊さんもきょとんとしている。

少しだけ慌ただしく動く心臓を深呼吸で落ち着かせる。頭の中では、小さい頃の私が大声で笑っている。

「私の名前には、元々笑顔になる魔法がかかってるんです」

自分で言っておきながらたまらなく恥ずかしい。昔の私は、よくもまあこんなことを言いながら町を歩き回っていられたものだ。隣で一緒になって笑う佳澄も時々、記憶の中に現れる。

じっと私を見つめる四つの目。さすが兄妹だ。猫のような大きな目はそっくりだ。

私は、両手の人差し指を頬に当てる。

「あ、あずみのみーはニコニコのみー」

そう言って、「みー」と言った拍子に上がった口角をそのままに、千春さんを見つめた。

目をぱちぱちさせて私を見つめる千春さん。幽霊さんも同じように、まばたきを繰り返していたが、いきなり嬉しそうに笑い始めた。

それから少し遅れて、千春さんも吹き出すように小さく笑う。

私は全身に駆け巡る恥ずかしさを押し込めて、その場に正座をした。穴があったら過去ごと埋め尽くしてやりたい。

でもなにも考えずに笑う千春さんを見て、恥ずかしさよりも嬉しさのほうが勝った。

千春さんは、しばらく笑い続けてからゆっくりと顔を上げた。その顔は私が想像していたよりも、もっとずっと明るくて、瞳は輝いていた。

「お兄ちゃんに、伝えてもらえますか？」

チラリ、と幽霊さんを見る。彼は私にうなずいてから、千春さんへと視線を戻す。

私も幽霊さんの真似をして、彼女に向かって首を縦に振る。

「〝お兄ちゃん、ありがとう〟って」

ああ、良かった。そう思うと、喉の奥が熱くなった。必死でそれをこらえながら、幽霊さんのほうへ視線を向けた。

とても嬉しそうに微笑む幽霊さんの姿は、ほんの少しだけ、透けていた。

一瞬頭が真っ白になるけれど、すぐに幽霊さんの三つの願いのうちのひとつが叶った瞬間だったのだと気づく。

——ああ、こうして幽霊さんは少しずつ成仏していくんだ。

ぼんやりとそう思った心の片隅で、わずかに透ける幽霊さんに胸を痛める私がいた。


カーテンを開けたままの窓の向こうに見える景色は暗い。もう帰らないと。そう思って立ち上がった。

その時にスカートのポケットから御守りが落ちた。私はそれを拾い上げると少し迷ったが、千春さんへと差し出した。

「もらってくれませんか？　幽霊さんがこれを千春さんに渡したかったことに、間違いはないんです」

千春さんは私の言葉に小さく首を縦に振って、私から御守りを受け取った。

幽霊さんが私の隣に並ぶ。私たちは千春さんの後に続いて部屋を出た。

すると、幽霊さんが、千春さんの隣の部屋を見ながら私に言葉を告げた。

「ひとり暮らししてた時の俺の荷物、どこにあるのか聞いてもらっていい？」

階段に向かう千春さんに、私は幽霊さんに言われたままの言葉を伝えた。千春さんは私のほうへ戻ってくると、ひとつの部屋を指さした。幽霊さんが見ていた部屋だ。

「お兄ちゃんの部屋に置いてあります」

そう言って、彼女はその部屋の扉を開けて中に入ると、電気を点けた。

その先に広がるのは千春さんとはちがって、物が少ない部屋だった。幽霊さんの部屋ということはもう使われていないはずなのに、生活感が充満していた。

部屋の片隅に、大きめの段ボールが四つ置いてあった。

「ひとり暮らしの荷物は、あの中に全部入ってます」

段ボールを指さした千春さん。私はお礼を伝え、隣の幽霊さんを見た。彼は、懐かしむように部屋を眺めながらも、段ボールのところに行き、私のほうへ振り返った。

「白い封筒があるはずなんだ。それを見つけてほしい」

私は千春さんにその旨を伝えると、彼女は段ボールを開けて一緒に白い封筒を探してくれた。それは私が探すほうの、ひとつめの段ボールの一番下にあった。

白い封筒を幽霊さんに見せると、彼は「それそれ」と嬉しそうに笑った。

「これだそうです」

段ボールの中を見ていた千春さんが私の声に顔を上げる。私の手中に収まるその封筒を見ると、千春さんは思い出したようにうなずいた。

「やっぱり……！　お兄ちゃん、昔からそれ大切にもってるんです」

中身が気になって、幽霊さんの顔を見る。封筒を開けようとする私に、幽霊さんは半目で睨んできた。気になりつつもしぶしぶ中身を見るのを諦め、段ボールを片付ける。

千春さんは視えない幽霊さんを瞳だけで探しながら、私に訊ねた。

「あとは、お兄ちゃんなにか言ってますか？」

その言葉に、幽霊さんがわずかな逡巡のち至極《しごく》穏やかな声で答えた。

「……俺を轢《ひ》いた人の情報を教えて、って伝えて」

思わず躊躇ってしまった。なにも知らずに、首を傾げる千春さん。幽霊さんの顔は相変わらず微笑みを携えたままだった。穏やかさの中に、揺るぎないものもあった。

私は、しばらくそれを口にできなかった。そんな私を察したのか、千春さんは心配そうな表情を浮かべた。

一度、深呼吸をしてから意を決して幽霊さんの言葉を千春さんに伝えると、千春さんは少しだけ驚いた顔をした。

「……ちょっと待っててください」

声をひそめてそう言うと、すぐに自分の部屋へと姿を消した。

千春さんを待っている間、私たちはお互いになにも言わなかった。幽霊さんは私の瞳から逃げているみたいで、何度か彼の顔を見たけれど目が合うことは一度もなかった。

しばらくすると、千春さんが一枚のメモをもって部屋から出てきた。複雑な表情で、私にその紙を差し出す。

「名前と住所が書いてあります。今も、謝罪の言葉を綴った手紙と一緒に、お花やお金が送られてくるんです」

そう言って、千春さんは重たい空気を引きずるように言葉を続けた。

損害賠償《そんがいばいしょう》、過失運転致死傷罪《かしつうんてんちししょうざい》、執行猶予《しっこうゆうよ》……テレビのニュースで流れているような難しい法律用語なのか、聞き慣れない言葉が、同い年の千春さんからぽろぽろとこぼれ落ちた。

私には飲み込めないような現状を目の当たりにして、そうやって千春さんはここまで来たのだ。家族を失ったことのない私と、幽霊さんを事故で亡くした千春さんには、こんなにも現実で苦しむ度合いがちがう。

私が当たり前に送る生活は、誰かにとっては当たり前なんかじゃない。千春さんの当たり前になってしまった日常は、私の前に突然落とされても、当たり前としてなんか飲み込めない。

幽霊さんは、ただ静かに千春さんの言葉に耳を貸している。

結局、幽霊さんを自動車ではねて死なせてしまった加害者は、今もこの社会で生きているということしか、私にはわからなかった。

千春さんは、固まる私を気遣うように、声を和らげた。

「急がないと、もう外真っ暗ですよね」

我に返り、慌ててうなずいた私。階段を下り、玄関まで向かう。ふと、思い立ったように千春さんが私のほうへ振り向いた。

「お兄ちゃんの仏壇《ぶつだん》に、手を合わせていきますか？」

その気遣いに、私はなんて言葉を返せばいいのかわからなかった。でも、隣でそんな私を見下ろす幽霊さんを見て、首を横に振った。

「大丈夫です。なぜだか、私には今、幽霊さんが視えてるので」

千春さんはおかしそうに笑った。「そういえば、そうですよね」と目を細める彼女は、今では幽霊さんがここにいることを、なんの疑いもなく信じてくれている。

玄関で靴を履く。その時、「帰るのかい」と穏やかな低音が背中に届いた。

ローファーを履き終え、振り返る。私の前に立つ千春さんの奥から、幽霊さんのお父さんが歩いてきた。スーツ姿ではなくラフな格好になっている。

優しい笑みに、私も自然と笑顔がこぼれる。この人のおかげで千春さんは幽霊さんのことを信じてくれたのだから、心から感謝しないと。

「ありがとうね」

でも、逆にお礼を言われてしまって目をぱちくりとさせる私。お父さんは、ズボンのポケットからある物を取り出した。大きな手がふわりと開かれる。

そこには私が今日、千春さんにあげたものと同じ御守りがあった。私も千春さんも、幽霊さんも、驚いた顔でそれを見つめる。

すべてを知っているお父さんだけは、優しい瞳をさらに細めた。垂れた目尻には年相応のシワが刻まれている。

「……千春は、お兄ちゃんの遺骨も遺品も、絶対に見ようとしなかっただろう？」

優しい瞳が、千春さんへと向けられる。彼女は、その問いかけに、静かにうなずいた。よく見ると、その御守りはところどころ汚れている。

「だから、お兄ちゃんの遺品だなんて言って、これを渡すことはできなかったんだ」

申し訳なさそうに、お父さんの声が弱くなった。千春さんは、ぎゅ、と下唇を噛み締める。大きくて分厚い手のひらにのった御守りを、千春さんはそっと手に取った。

「なんで……？」

すべてが自分のせいで起きた不幸だと、千春さんは思い込んでいた。家族に憎まれても仕方がないと思ってしまうほど、自分を追い込んでいた。

「千春が、お兄ちゃんがいなくなってしまったことを受け入れられていないのは、お母さんもお父さんもわかってた」

　でも、幽霊さんも、お父さんもお母さんも、千春さんに向けたのは優しさだけだった。お互いに相手を思うばかりにすれ違っていただけだったんだ。

「お兄ちゃんはきっと、千春の背中を押すためにこれを買ったのに、あの時の千春にこれを渡すことは、悲しませるだけだと思ったんだ。……でも、結果として千春をひとりで苦しませることになっていたんだね」

　目に見えない優しさは、その思いが強いばかりに遠回りをしてしまう。

「千春、ごめんな」

　後悔をにじませたその低い声に、千春さんはくしゃりと顔を歪ませた。そうして、懸命に首を横に振る。

　すべての優しさがちゃんと相手に届くのかはわからない。

　たぶん、届かずに忘れられてしまう優しさが世の中にはあって。それはどうしようもないことなのかもしれないけれど、少しでも優しさが隙間からこぼれ落ちてしまわない世界ならいいのにな、と思った。

　そう思えたのは、幽霊さんと出逢って悲しい優しさに触れたからだと思う。

　優しさは受け取るための器をきちんと用意しておかないと、水のようにこぼれ落ちてしまうんだ。

千春さんは、自分の苦しみを飲み込むように、小さな声で言う。

「……お父さんたちだって苦しいのに、どうして？」

その声色には未だに千春さんが自分を責める気持ちがにじんでいた。すると、お父さんは、迷うことなく言葉を紡いだ。

「どんな時も、大切な子供たちがわざわざ悲しむような選択を、親である私たちにはできなかっただけだよ」

子供が悲しむようなことはできない。それは子供が生きていようと死んでしまっていようと変わらない。親の愛情はいつだって子供に注がれている。

千春さんは自分で巻きつけてしまった鎖《くさり》から解放されるように、お父さんに抱きついて泣いた。枯れたはずの涙が、ふたたびその大きな瞳から流れている。でも、悲しい涙ではなかった。

隣の幽霊さんは、心から安心したように瞳を細めている。ふわりと柔らかく微笑んで自分の家族を眺めていた。

家まで送ると言ってくれたお父さんに断りを入れて、私たちは幽霊さんの家を後にした。

見上げると、星が空いっぱいに広がっていた。

必要最低限の街灯。カエルの鳴き声がＢＧＭの町。いつでも星が見える空。

隣で幽霊さんも、私の真似をして空を見上げている。夜の闇に吸い込まれそうなほど、時々透けてはその姿を危うくさせる。

話したいことはたくさんあったけれど、声に出してなにを話していいのかわからなかった。

たぶん、幽霊さんも同じだっただろう。

私たちは、嬉しい出来事を素直に喜べるほど、簡単ではなかった。

夜風が私の頬を撫でる。からっとした爽《さわ》やかさの中に、人以外のものから流れた汗を含んだような湿っぽさ。

「……あ、そういえばさ」

幽霊さんがぽつり、空を見ながらつぶやいた。

私も、首の前側がつりそうになるぐらいの角度で空を見上げていた。

「むーみたいなタイプの子」

幽霊さんの低い声は私の鼓膜を叩かない。でも、聞こえる。ちゃんと届いている。

彼の言葉が、一瞬、なんのことだかわからなかった。でもすぐに思い出す。

むーみたいなタイプ。それはつまり、私。千春さんが嫌いなタイプ。むしろ私も嫌いなタイプ。

「俺は好きだよ。普通に」

まるでお釣りのついでに渡されるレシートのような、そんな口調。

あってもなくてもいいような。でもあったら後で役に立つ時もあるし、財布の中でかさばってすごく邪魔な時もあるような。

私は、勢いよく幽霊さんを見た。彼は何食わぬ顔をして、私を見下ろしている。私と目が合うと、彼は目を細め挑発的な笑顔を浮べた。

ああ、引っかかる。

幽霊さんの言葉を思い出して、理解しようとする。でも、しょせん、レシート。

私が困惑しているうちに、結局、公衆電話に着いてしまったのだ。

第8話　シャンプーの香り

気持ちが晴れ晴れとしているのは、きっと天気だけのせいじゃない。

頬杖をついて窓の外の景色を眺めた。どこまでも続く青い空。窓からするりと風が教室に入ってくる。昨日の出来事を思い出して、思わず目を細めた。

千春さん、お父さん、幽霊さん。みんなの優しさがやっと繋がった。そのお手伝いができたことが、純粋に嬉しかった。

『俺は好きだよ。普通に』

不意に思い出す言葉は、もうこれで何度目になるかわからない。思い出すたびに、一生懸命、否定する。

いや、あれはタイプであって、私のことではない。でもあれって明らかに私しか該当しないんじゃ……いや、ちがう。

世界には似た顔が三人はいるんだもの。そっくりなタイプだって三人はいるはず。なんて、掘るのは墓穴ばかり。

こんなことをひとり、頭の中で繰り返す自分が情けなくなって、記憶消去に走る。

すると、頭の中で微笑みを携えていた幽霊さんの瞳の色がとたんに変わる。千春さんに、幽霊さんの事故の加害者の話を聞いている時の顔だ。そんな彼を思い出し、思わず口を固く結んでいた。

幽霊さんのふたつめの願いに、そのことが絡んでいるのは、なんとなく雰囲気から察することができた。

「誰かが教えてくれるのは、高校生までだからな」

三浦先生の声が、真っ直ぐ私たちに向けられた。今は、英語の授業中だ。話の流れで、先生が将来のことについて語り始めたのがわかった。怖いし厳しい三浦先生は、そんな評判と同じくらい、生徒から信頼があった。

「大学生、社会人になったら、もう自分の足で立って歩かなきゃならない。高校までの口うるさい先生なんていない。親元を離れればなおさらだ。いろいろ言われることが懐かしいって思うくらい、これから進む場所は自由な分、自分でちゃんと責任を背負わないといけない」

先生は教科書のページをめくるために一度、視線を落としてから「口を酸っぱくして事前に守ってくれる存在は、いなくなるんだからな」と言い捨てて何食わぬ顔で授業を再開した。

先生の言っていることは、頭ではわかっていても、身に染みてはいなかった。

私たちのために放たれた言葉だとしても、まだ未来を想像できない私たちには、半分理解できればいいくらいだ。

誰にもなにも言われず、自分で好きにできることが幸せだと思っていた。言われたことをやりたくもないのにやって、みんなと同じように毎日を過ごす。ルールがあるからこそ、窮屈《きゅうくつ》なことばかりが目につく。

先生が板書する文字をノートに書き留めていく。

――自分の足で立って、歩く。

心の中で反芻《はんすう》した。私には、歩きたくない道はあっても歩きたい道なんてない。親の敷いたレールの上を歩きたくない。それだけしか考えていなかった。

じゃあ、なんで？

そう聞かれたら、うまく答えられるだけの考えなどもっていなかった。


四限目の体育を終え、いつものように三人でこっそり製氷機のところに向かうため、体育館の渡り廊下を無視して中庭を横切る。

上履きのまま土や草を踏むことには、ほんの少しだけ抵抗があった。美奈も雪菜ちゃんも同じ思いらしい。でもわざわざ渡り廊下を通るのは面倒くさい。

上履きがそれらに触れる面積を少しでも減らせるように、爪先で歩く。

体育館と校舎は渡り廊下で繋がっているものの、武道館は少し離れたところにある。アスファルトで固められた駐輪場にたどり着いて、やっとこさ上履き全体で歩ける。

「今日部活休みなんだけど、放課後、暇？」

ひとつに結った美奈の髪が歩くたびにゆらゆらと揺れる。雪菜ちゃんは、隣で暑そうに手で顔を仰ぎながら口を開いた。

「私、バイトだー。シフト入れなきゃよかったあ」

いつもより話し方がぐったりしている。暑さのせいだけじゃなくて運動が好きではない雪菜ちゃんは、体育の後はいつもこうだ。

「マジか」と眉を下げた美奈は私を見た。

「安澄は？」

ふたりの視線が私に向けられる。今日は、幽霊さんのところに行かなければならない。私は美奈の顔を真似るように眉を下げた。

「私も用事ある。ごめん」

美奈は唇を尖らせて「ちぇー」とつぶやいた。

そんな美奈とはちがって、雪菜ちゃんはどこか楽しそうに私に近づく。ぴたり、と半袖から伸びる腕が私の腕に触れる。そこから熱が広がる。

「安澄ちゃん、最近ひとりですーぐ帰るよね」

言いたいことをぐっとこらえたような言い方。驚いて雪菜ちゃんの顔を見れば、彼女は楽しそうに笑っている。

話をしているうちに武道館にたどり着き、堂々と正面突破。玄関のすぐ隣に設置されている製氷機を、がばっと開けて歓声を上げる美奈。

私は未だに動揺している。そんな私を探るように、口角を上げて見つめてくる雪菜ちゃん。氷を口いっぱいに入れた美奈が振り向き、私たちに首を傾ける。

「どったの」

もごもごと居心地の悪そうな舌を動かして言う。誤魔化そうとする私を遮って、雪菜ちゃんが口を開く。

「安澄ちゃん、恋してる説」

ぶわっと身体中の血が騒ぎだした。美奈はワンテンポ遅れてから大きな声で雪菜ちゃんの言葉を繰り返す。

「ちがうちがう！　本当に！」

私は慌てて否定する。我を忘れて大きな声で否定しながら、これじゃあもっと怪しさが増すだけだと気づく。どうしてこんなに全力で否定してしまったのか、私にもわからなかった。

突拍子もない言葉に驚いたせいなのか。引っかかる部分があるからなのか。

勝手に盛り上がるふたりに唇を尖らせながら、私も製氷機から氷を取り出した。いっそのこと、冷んやりとした空間に頭まで突っ込んで冷静になりたい気分だった。

氷がぎっしりと詰まったその奥に保冷剤が無造作に紛れ込んでいた。

ばたん、と製氷機を閉じて振り返ると、ふたりはじーっと私を見つめていた。否定しかしない私に探りを入れるような顔。

「好きな人ができたら、ちゃんとふたりには言うから……」

はあ、とため息と共にそれだけをつぶやく。すると、ふたりは目を見張ってから、ぱっと嬉しそうに笑った。私の両腕が美奈と雪菜ちゃん、それぞれに拘束《こうそく》される。

「それは楽しみ」

雪菜ちゃんは氷を詰め込んだ小さな口でそうこぼした。

今のことを探るよりも、私の言葉を大切にしてくれたらしい。反対側では美奈がガリガリ、と豪快《ごうかい》に氷を噛み砕《くだ》いている。それから私の手元を見て、何気なく訊ねる。

「そういえば、保冷剤はいいの？」

美奈の言葉に私は「うん」とだけ返事をする。

母のお弁当を受け取らなくなってから、保冷剤は必要がなくなった。

あの時は、わざわざ人目を忍んで保冷剤をランチバッグに入れて、家に帰ってひとりでお弁当を食べて……なんて、面倒極まりないことを繰り返していた。お弁当をいらないとも言えず、かといって学校でお弁当を食べる気にもなれない。

だけど今は、もうそんなことを気にする必要がない。

それなのに、心のどこかにはぽっかり穴があいていて、そのせいで購買のパンは、ちっともおいしく感じられなかった。

他のクラスの子たちと遊ぶ約束をした美奈と別れ、バイトに向かう雪菜ちゃんと別れ、私は雲井駅に向かう。

学校の最寄り駅には同じ制服を着た子たちが何人かにいた。ホームの反対側の電車を待つ子たちもいれば、私と同じ電車を待つ子たちもいる。

ジー、ジー、と蝉の鳴き声が聞こえる。ちゃんとその鳴き声は聞こえているのに、見つけようとしないと、意外とその存在に気づくことはできない。

電車がやってきて、車内に乗り込む。冷房が効いたそこは思いの外涼しくて、椅子に寄りかかると細く長い息がこぼれた。

自分の身体が疲れていたことにため息で気づく。暑い中、ずっと立っているだけでも身体は疲れるものだ。深く座って正面から見える景色を眺めた。

車窓からの景色は小さい。走る電車が私に見せる景色が早送りの映像みたいだ。それらを眺めながら、昨日の幽霊さんを思い出す。

彼は、いったいどうするつもりなのだろう。幽霊さんを、幽霊さんにしてしまった人のことを、彼はどうしたいのだろう。

私だったら？　そう思って、すぐにやめた。私と幽霊さんには決定的なちがいがあったからだ。

……私は、死んでいない。

幽霊さんがどんな答えを出したとしても、私はちゃんと受け止められるのかな。

その不安の中に混じるのは、漠然としたもの。でも、必然的なもの。

人が悲劇の先に行きついてしまう、人として終わる行為だった。目には目を歯には歯を、と同じように、殺されてしまった人がその相手を殺したいと思っても無理はないと思った。

死んだら、生き返れない。その中で、幽霊さんがその人に対して抱く感情は、さすがに生きている私でも知っているものだった。

雲井駅で降りたのは、私ひとりだった。

ジー、ジー、また蝉の鳴き声がする。

今まで気にしたことなんてなかったから、今鳴いている蝉の種類も、他の蝉とのちがいもなにもわからない。この蝉だって、生きているのにな。事実を知ろうとしないことって、実はなによりも残酷なことなのかもしれない。

慣れた道をどんどん進んでいく。公衆電話に着いた頃には、すっかり身体の内も外も熱がこもり切っていた。

「むー、暑そう」

ふらりと寄り道するような気まぐれな声。声がしたほうへ顔を向けると、幽霊さんは木陰に突っ立って、私を見ていた。さっき、周囲を見渡した時にはいなかったのに。

私は、スクールバッグの中から白い封筒と一枚のメモを取り出す。昨日、幽霊さんの遺品から見つけた後、鞄にしまったきり忘れてしまっていたのだ。

「これ、どうすればいいですか？」

そう言って、幽霊さんの前へそれらを向ける。幽霊さんは見下ろすと、「ああ」とだけつぶやいて少し考え込むように口を閉ざした。それからすぐに公衆電話を指さす。

「あそこに、挟んでおこうか」

言いながら公衆電話に向かって歩く幽霊さん。彼に続きながらも、電話ボックスの扉を開けるのは私だ。

中は一段と暑くなっていて、サウナに近い。ずっと溜め込んでいた熱が、逃げ出すように私の身体にぶつかりながら外へと流れていった。

幽霊さんは公衆電話の下にある分厚い電話帳を指さした。

「白い封筒は、電話帳に挟んで」

幽霊さんの言葉にうなずきつつも、疑問は溢れていた。

誰かが取りに来るのだろうか。でも、私以外に幽霊さんが視える人がいるなんて聞いたことがない。

千春さんの言葉も思い出し、さらに首を捻《ひね》る。大切なものだって言っていた。それをこんなところに挟んでしまっていいのだろうか。

こんな、使われていないような公衆電話に。

「あ、十三ページのとこに挟んで」

電話帳の真ん中のあたりに挟もうとした私を、幽霊さんの声が止めた。場所を指定するのだから、やっぱり誰かに向けてなのだろう。私は、十三ページを開きながら幽霊さんの顔を見た。

「誰かに届けたい物なんですか？」

私の言葉に、幽霊さんは少し間を空けてから瞳を斜め上へと逸らした。

「そう、かな」

答えておきながら、自分でもいまいち理解できていないようだ。私は訝しげな顔のまま、口を開く。

「ここに挟んでおいても、気づいてもらえないと思うんですけど」

私が届けますよ、と言葉を続けようとしたら、幽霊さんが笑った。その笑い声に私の言葉は声にならず、開けた口をさらに開いただけだった。

幽霊さんは、瞳を細め笑う。垂れた目尻がよりいっそう優しさを帯びるようにシワを作り、彼は唇の端を持ち上げたまま、つぶやく。

「確かに。永遠に届かないかもしれない」

その予想は寂しい響きなのに、幽霊さんの顔は笑顔だった。なにかおかしいものを見てふっと笑うように、楽しそうに口元を緩めている。

「……変なの」

銀色のピアスがきらりと光り、長いまつげが一度、伏目《ふしめ》がちになった瞳に覆われた。

優しい表情というのは、今の幽霊さんのような顔を言うのだと思う。

「でもきっと、気づいてくれるって俺は信じている」

そんな言葉が、そっと低い声で紡がれた。猫のような瞳が私を見つめる。見透かしたように、見ないふりをするように、不意に細められた。

私は逃げるように目を逸らして、少しだけ乱暴に十三ページにそれを押し込んではたん、と電話帳を閉じる。それと一緒に気持ちも押し込めた。でも、少しだけ飛び出した気持ちは私の眉間にシワを作った。

幽霊さんにあれだけの優しい笑顔をさせる誰かが、気に食わなかった。

幽霊さんは、そんな私の気持ちに気づかない。むくれる私の顔を覗き込んで「むー」と、低い声で呼んで、それで、笑うんだ。

千春さんからもらったメモに綴られている住所をスマホのマップの検索欄に打ち込んだ。

隣で私のスマホを覗き込む幽霊さん。そのせいで、いつもなら気にならないことが気になってしまう。スマホの画面をスワイプする自分の指とか、髪の匂いとか。

「幽霊さんって、嗅覚《きゅうかく》はあるんですか？」

たまらず、わざわざ話題を引っ張り出して、さりげなく幽霊さんから離れる。彼は私の問いかけに、前かがみになっていた姿勢を正す。口を閉じて、鼻をすんすん、と嗅《か》いだ。

少しだけ首を横に傾け、神妙《しんみょう》な顔を浮かべる。

「ないわけじゃないけど、弱い。意識しないと香りは気にならないかな」

腕を組んで顎に指を添える。確認するようにもう一度、鼻から匂いを嗅ぎ取ろうとしていた。

適当に振った話題に、ここまで真摯《しんし》に向き合われると申し訳ない気持ちになる。私は相づちを打ちながら、スマホの画面に視線を落とした。

地図の広がる画面に、赤丸が目的地を示している。電車に乗ることにはなるけれど、あまりにも遠いという距離ではなかった。

いつの間にかスマホを覗き込んでいた幽霊さん。隣に顔を向けると、思っていたよりも顔が近くて、びくっと肩を上げてしまった。

それでいてどこか不安そうな幽霊さんの横顔を、私は見ることしかできなかった。

「行くか」

に重たい。

幽霊さんの表情は、少し硬かった。強張った口元から落とされる言葉も、同じように重たい。

メモに向けられた視線と、複雑な表情と、重い三文字。これだけで幽霊さんがどこに行きたいのかわかるには十分だった。

これが契約のふたつめだとは思う。でも、そこに行ってどうするのか、なんて聞けなかった。

だから私の手伝いが必要になる時が来るまで、幽霊さんがそのことについて話すまで、待つことにした。待つなんて言えば聞こえがいいけれど、本当は聞くのが怖かったのだと思う。弱っちいな、私。

それから幽霊さんと歩いて雲井駅にたどり着き、やっと来た電車に乗り込む。

学生の通学時間はとっくに過ぎていたし、サラリーマンもいない。お年寄りと、私とそんなに歳の変わらなそうな男の子がふたり、座っている。

一番端に腰かけると、私の前に立つ幽霊さんを見上げた。

「座らないんですか？　疲れちゃいますよ」

幽霊さんの顔を見上げて訊ねる。彼は、猫のような大きな瞳を少しだけ伏せた。それから、そっと人差し指を唇に当ててみせた。

私は、意味がわからず「え？」と声をこぼし、首を傾げた。それでもなにも言おうとしない幽霊さん。

私が口を開いた瞬間、車内に誰かの咳払《せきばら》いが響いた。

びっくりして、反射的に顔をそちらに向けると、周りの視線は私に集中していた。

戸惑ったのは一瞬だけだった。私に注がれる視線は、少し色がちがった。

あの人、ひとりで話してる。おかしい。そんな視線。

変なものを見るような、引いたような顔つきが並んでいた。

私はぶわっと身体から火が噴き出しそうなほど恥ずかしくなって、うつむく。両手を膝《ひざ》の上に置いて、ぎゅう、と握り締める。今すぐ、透明人間になりたい。

そうだ。みんなには幽霊さんは視えないんだ。ひとりで電車に乗り込んできた女がひとりで話しだしたら、それは気味が悪いに決まっている。

いつも幽霊さんと会う場所は、そんなことを気にしなくていいほど人通りがなかった。せいぜい車がスピードを出してさっさと通り過ぎるくらいだった。

「悪いな、俺のせいで」

うつむいた私に幽霊さんの不器用な声が降ってきた。

私は、ぶんぶん、と首を横に振り、それきり、幽霊さんのためにも口を閉ざした。

三つの駅を越えたあたりで、もう車内には私と幽霊さんしかいなくなっていた。変な緊張から解放されて、思わず背もたれに寄りかかる。次で降りるのでゆっくりなんてできないけど。

ふとした瞬間に、幽霊さんとの差を思い知る。

さっきみたいに露骨《ろこつ》なものももちろん、それ以外にも、半袖でも暑いこの季節に、幽霊さんは秋か冬の入り口ような格好をしている。そもそも実体がないんだけど、共感できてても共有できるものは少ない。

駅に着くともう一度、スマホで道順を確かめた。

そして幽霊さんと一緒にマップ画面とにらめっこしながら歩く。何度か道を間違えながらも、目的地にたどり着いた。

そこは、二階建てのアパートだった。

できてから相当経っているのがわかる。コンクリートの壁には大きなヒビが入っているし、二階へと上がる階段はだいぶ錆びついている。

思っていた建物とはずいぶんと印象がちがっていて、少しだけ戸惑う。

たどり着いたはいいが、これから先のことはわからなかった。隣の幽霊さんは、なにかを飲み込むようにじっとアパートを見つめている。

大きな瞳が、静かに、この状況を整理するように一点に集中していた。

しばらくして、幽霊さんはゆっくりと口を開く。

「もう少しだけ、ここにいてもいい？」

彼の問いに、私はすぐにうなずく。幽霊さんはそんな私を見下ろし、「確かめたいことがあるんだ」とつぶやいた。

ずっと道端《みちばた》にいるわけにも行かないので、アパートのすぐ裏にある公園に向かった。幽霊さんは未だにアパートを見つめている。私は、彼が周りには視えていないということを頭の中心に置き、ブランコへと向かった。

そこは小さな公園だった。遊具もブランコと滑り台、それから半分土に埋まった、色の剥げかけたカラフルなタイヤだけ。

ブランコの後ろの木々のおかげで、そこは他よりもずいぶんと涼しかった。小さく、ブランコを前後に揺らす。

草木が揺れる音がする。振り返ると、葉を揺らす木の下に、一匹の蝉の死骸《しがい》が転がっていた。蝉の寿命は七日間。それを蝉自身は知っているのだろうか。すべての蝉が七日間を全うできるのだろうか。

人間の寿命が八十年だとして、私がこの先、残りの六十三年を生きられる保障はどこにもない。でも生きているはずだという確信にも似たその気持ちは、願望と逃避なのだろう。

誰も、自分がいつ死ぬのかなんてわからない。それは、幽霊さんだって同じだったはずだ。

少し離れたところにいる幽霊さんを眺める。答えのない問いに答えを求めるように、彼の瞳は揺れている。

「ほら、佐々木《さ さ き》さんって、二年前にあのアパートに越してきた人」

知らない声が風に乗ってやってきた。きょろきょろとあたりを見回す。すると公園の隣を歩く親子がいた。でも、声はそこから聞こえたものではない。そう思って、さらに声の主を探す。

アパートとは反対側にある一軒家の庭先に、ふたりの女性がいた。ブランコの後ろに立つ木でちょうど見えなかったのだ。向こうも私には気づいていないよう。

「ああ、旦那さんが交通事故起こしちゃったんでしょう？」

ひそひそ、とはちがう。気の毒という便利な言葉で包み込まれたただの野次馬《や じ うま》。人の不幸は蜜の味。私の大嫌いな言葉だ。

「お子さんまだ小学生でしょ？　これからたくさんお金かかるでしょうに」

「だから車は怖いのよ。こないだ免許取ったうちの息子にも、よく言って聞かせなきゃダメね。あんなふうに、将来が真っ暗になっちゃうわよって」

よく、知っている。この反吐《へ ど》が出るような会話。出来のいい妹をもった私を、気の毒がるように気遣うように、見下して楽しんでいた人たちと同じ。

女の人たちの声は決して小さくない。現に、公園にいる私にもはっきりと聞こえているのだから、公園の横を歩くふたりの親子にも聞こえているはずだ。

それから、察する。女性たちの視線は、その親子に向けられていたのだ。スカートのポケットからメモを取り出す。そこには名前も書かれていた。佐々木の下に続くのはたぶん、男の人の名前だ。

その親子は、幽霊さんを殺《あや》めてしまった人の家族だった。

胸の底がぐつぐつと煮えるような思い。毒をいきなり打たれたような気分。まったく関係のない私がやるせない気持ちになるのに、噂の標的にされる親子はどんな思いなのだろう。

そう思って、親子へと視線を向けると、母親は、無理やり作った笑顔で子供に途切れることなく話しかけていた。

子供が自分たちに向けられている悪意に気づいてしまわないように。自分の話に夢中になって、周りの声が聞こえてしまわないように。

会話は聞こえなかったけれど、必死な母親の横顔が見えた。そして見覚えのあるその顔をさらに見つめた。

「……花」

一度だけ、私はあの母親に会ったことがある。公衆電話で、ガードレールに花と缶の飲み物を供えていた人だった。あの時とはあまりにも表情に差がありすぎて、気づかなかった。

ランドセルを背負った小さな男の子と、母親は手を繋いで歩いている。

ふたりは公園の柵《さく》を隔てて、幽霊さんの横を通り過ぎた。幽霊さんは、じっと、そのふたりを見つめていた。

突然、背後で蝉の鳴き声が聞こえた。振り返ると、そびえ立つ木の下で、死んでいると思っていた蝉が仰向けになった身体を必死に動かしている。

大きな横風が吹いて、私は瞳を細めた。砂埃《すなぼこり》が立つ公園。風がやんで、ふたたび蝉のほうへ視線を向けるとうつぶせへと体勢を変えて、ゆっくりと地面を歩きだしていた。

木々の向こうにいた女性たちが私に気がつく。人がそこにいるとは知らなかったのだろう。驚いた顔をふたつ並べて、私を見ている。

私は眉間にシワを寄せた顔で、真っ直ぐふたりの顔を見つめた。なにを勘違いしたのか、ふたりは私から視線を逸らし、そそくさとその場で解散した。

「むー」

私にだけ聞こえる声。踵を返すと、幽霊さんはすぐ近くにいた。目が合うと、幽霊さんは曖昧な表情を浮かべた。

答えはまだ、出ていないみたいだ。

「帰ろう」

それだけをこぼし、幽霊さんは私に背を向けた。私はなにも言わず公園の出口へと向かって歩きだす幽霊さんを追いかけた。

かける言葉が見つからなかった。

探しているうちにどんどん時間は過ぎる。隣の幽霊さんも、ひとりで抱え込むように悩んでいた。

悩んでいることはお互いにちがったけれど、複雑な面持《おもも》ちは同じだった。


そうやって、言葉も交わさぬまま、雲井駅にたどり着いてしまった。

陽がかなり伸びたと思う。毎日、少しずつ、ちょっとずつ伸びていくその長さに、いつもは気づかない。それなのに、ふと、特になにがあったわけでもないのに、陽が伸びたなあ、と思い至ることがある。

私は目を細め、傾きゆく太陽をぼんやりと眺めた。

不意に幽霊さんが、「シャンプー」とつぶやいた。声につられるように彼に目を向ける。

幽霊さんは、わずかに顎を持ち上げ、ずっと遠くで燃える太陽を眺めている。まぶたが少しだけ彼の大きな瞳を隠す。

夜空色の瞳には、赤が混じっていた。星の輝きの中、夕陽が静かに燃えていた。

「――の話、してた」

シャンプーの話。唐突な言葉には、すぐに続きが紡がれた。

「公園の横を歩いてた親子。たぶん、安いシャンプー使ってんだろうな」

彼の言葉に、ほんの少し前の光景を思い出す。

ふっと語尾と共に幽霊さんの柔らかな息が笑うように抜けた。そんな穏やかな表情を浮かべる幽霊さんに、私はなんて言えばいいのかわからない。

彼は、気づいていないのだろうか。あの親子が、幽霊さんを殺めた人の家族であることを。

「男の子がさ、昔使ってたシャンプーがいいって母親に駄々こねててさ。今のは、いい匂いがしないんだと」

唇の端を持ち上げたまま、幽霊さんの瞳がふっと視線を落とした。そこには、かすかに躊躇いがあった。

「母親は困ったような顔をして子供をなだめるんだよ。『お母さんは、お父さんもお母さんも、楓真《ふうま》も、同じ匂いなのが嬉しいな。家族がお揃いなのが嬉しいな』って」

そんな会話をあの時、親子はしていたのだと知る。

じっと幽霊さんを見つめる。そんな私に気づきながらも、彼は一切こちらを見ようとはしない。

「それでもワガママを言う子供に母親は泣きそうな顔で、『お父さんがごめんなさいしないといけない人がいるのはわかってるよね。だから、楓真も一緒にごめんなさいしないといけないの』って」

幽霊さんは、絵本を朗読《ろうどく》するように唇を動かす。ほんの少し、眉を下げ、感情をひた隠しにして。

幽霊さんは、親子が誰なのかわかっていた。わかっていて、こんな話を私にしている。

母親の話が噛み合わないのは仕方のないことだった。幼い子供に、真実はまだ話せないのだろう。大きく変わったであろう人生を、気づかせないようにすることに必死な顔をしていた。

「子供がさ、『いつになったらごめんなさいして、パパは許してもらえるの?』って、なにも知らない顔で聞くんだよ」

ゆったりと吐き出された低い声。なにかを飲み込む代わりに、幽霊さんは自嘲《じちょう》気味に微笑んだ。

夕陽は徐々に沈んでいく。夜の時間が、始まる。遠くに見える公衆電話の電灯がチカチカと光っている。

寂しい場所。その響きがぴったりなくらい、その公衆電話は孤独だった。

黙り込んでいた幽霊さんが、私の視線を追いかけて孤独を見た。

「どんなに謝ろうが、花を供えようが、金を送ろうが、俺は生き返れない」

あまねく答えを放り捨てるように、幽霊さんの言葉は単純な色になっていく。

「……どうして俺だったんだろう。俺はもう、家族とシャンプーの話なんてできない。謝られても謝られても謝られても……永遠に、できない」

彼の言葉に、頭の中で千春さんやお父さんの姿が浮かぶ。幽霊さんは、もう二度と、あの空間で彼らと一緒に笑うことなどできないのだ。

しばらくお互いに黙り込んでいた。悲しい色をした、沈黙。

悲しみが涸《か》れたその先で、幽霊さんは、声を震わせた。

「……本当は、死にたくなんてなかった」

初めて聞いた幽霊さんの本音。

うつむく幽霊さんの長いまつ毛がかすかに揺れる。力なく落ちた肩は、先ほどまでわずかににじませていた感情を、微塵も見せない。

その代わりに、今の幽霊さんはひたすら弱っていた。

ガードレールに供えられた花はもう枯れていて缶はいつの間にかなくなっている。

幽霊さんが振り向いて、私を見下ろし、抑揚《よくよう》のない声でつぶやく。

「むーも聞こえてたんでしょ？　あの親子にぶつけられる声」

大嫌いな言葉たちを思い出す。幽霊さんにも聞こえていたんだ。ならば、やはり確実にあの親子にもその声は届いていたはずだ。

「聞こえてました」

幽霊さんは「むーっとしてたもんな」と乾いた笑みを浮かべた。

「契約のふたつめは、俺を殺めた人を知ることなんだ。その上で、俺が答えを出さないといけない」

それから、私と距離を取るように公衆電話に向かって歩き始める。蛍光灯の光に照らされた幽霊さんの左半身が、時々、透ける。

私はなんのために幽霊さんと契約を交わしたのだろう。どんなに彼が答えを求めて苦しんでいても、私はなにも助けになれていないのに。

幽霊さんの猫のような瞳が気まぐれに細められた。それは私のための笑顔で、彼のための笑顔ではない。

「……許せないって、思ってる」

ぼんやりと輪郭の歪んだ言葉が落ちた。

――許せない。

その言葉にすべての感情が詰め込まれているように思えた。

純粋に許せないと思う気持ちも、許せないと思う自分を責める気持ちも、その中には込められていた。

だって、幽霊さんの声はあまりにもひどく震えていたから。

第9話　空の青さを知る時

どんなに目を閉じても眠れなかった。おかげで寝坊して、学校に着いた時にはくたくたになっていた。

朝のHRには遅刻したので職員室で遅刻カードを受け取っていると、三浦先生に声をかけられた。

「片瀬、今日の放課後、進路相談室に来なさい」

「えっ」

半歩後退った私に、ぐっと口元に力を込めた三浦先生。なんだか今日は災難《さいなん》続きだ。放課後に、三浦先生とふたりで進路相談なんて、メンタルを相当削られるにちがいない。

昨日の幽霊さんのこともあるし、私のキャパはもうパンクしかけているのに。

「こないだの進路調査票、白紙で出したのは片瀬だろう？　六限が終わったら進路相談室に来るように。ほら、早くしないと一限間に合わないぞ」

そう言って、先生は自分の腕時計へと視線を落とした。私は慌てて職員室を後にし、職員室の入り口前に置いておいたスクールバッグを手に教室まで急ぐ。

廊下の先に、一限の現国の先生の姿があった。私は挨拶をしながら先生を追い抜き、教室に滑り込んだ。遅刻にはならなかったのだが、結局廊下を走ったことで叱られた。

美奈や雪菜ちゃん、クラスメイトたちに笑われながら、自分の席に着く。

教科書を出そうとスクールバッグを開けて、ぎょっとした。前まで見慣れていたランチバッグが入っていたから。

慌ただしく飛び起きてから、家を出るまでの自分を思い出す。習慣とは恐ろしい。私は、いつの間にかランチバッグを手に取っていたのだ。

前に、母にもうお弁当はいらないと言葉を投げ捨てたのに、母は変わらず私にお弁当を作り続けていたのだ。

失態《しったい》が続く日は、いつまでも続く。私は思わず机に顔を突っぷした。

「朝から騒がしい安澄はめずらしいけど、午前中の授業、全部寝てた安澄はもっとめずらしい」

財布を片手にそう言うのは美奈。その言葉の通り、私はことごとく授業中に寝てしまったのだ。身体の疲れというよりは、脳が相当疲れていたのだと思う。今はもう通常モードで動きだしているけれど。

いつものようにお昼ごはんを購買に買いに行こうと、美奈も雪菜ちゃんも、財布を片手に私を待っている。私はスクールバッグの中を探った。ランチバッグを避けて、イヤフォンを避けて、タオルハンカチを避けて。でも、いくら手で中を漁っても財布は掴めない。

その時雪菜ちゃんが、私の代わりにスクールバッグの中を覗き込んだ。

「なんだ、安澄ちゃんお弁当持ってきてるんじゃん。そしたら私たち、ダッシュでお昼ごはん買ってくるから待っててよ」

屈託のない笑顔でそう言われてしまった私は、考える間もなくうなずいていた。

ふたりが走って教室を出ていくのを見てから、スクールバッグの入り口を大きく広げて財布を探す。何度も同じところを漁りながら、直近の財布の記憶を引っ張り出す。

そうして、自分で勉強机の上に財布を置きっぱなしにしていたのを思い出した。

通学用の定期は雲井駅までは使えない。ＩＣカードの残高も、昨日の往復で確かそんなに残ってはいないから、今日は幽霊さんのところに行くにしても一旦は家に帰らねば……。

そんなことを考えているうちにふたりが戻ってくる。美奈はいつの間にか唐揚げ弁当が復活していた。雪菜ちゃんはいつも通りパンだ。

私は、お弁当の蓋をぱかっと開ける。私は今までふたりの前でお弁当を食べたことはない。

「おいしそう」

雪菜ちゃんは、そう言って私に笑いかけた。

お弁当の中身はありきたりなものばかりだ。小さなコロッケの横に添えられたレタスに、ウィンナーとウズラの卵の串刺し、ミニトマトにブロッコリー、きんぴらごぼうに、かまぼこ。ふりかけのかかったごはん。

「お弁当っていいよね」

美奈も私のお弁当を見ながらそうつぶやく。唐揚げ弁当を頬張りながら、美奈は続ける。

「私なんて一年の時にね、お弁当持っていきたいってお母さんに言ったら、購買あるでしょって言われちゃったもん。そりゃそうなんだけど、購買は意外と飽きる」

特に引きずる様子もなくそう言った美奈。雪菜ちゃんはパンの袋を開けてそんな美奈を笑う。

「唐揚げ弁当ばっかり食べてるから飽きるんじゃん。うちは父子家庭で、朝なんか私が朝食作ってるぐらいだもん。お父さん夜も遅いし、お弁当作ってなんて言ったことないや。頼んでも日の丸弁当になりそうだし、だったら買ったほうがいいよね」

笑いながら雪菜ちゃんは私たちを見た。

知らなかったな、なんにも。

ふたりはいつも明るくて元気で、一緒に笑ってくれる存在だ。

だけど、悩みや抱えているものがないなんてことはない。大なり小なり、みんな、いろんなことを抱えながら、そうやって笑っている。

ふたりにとっては笑って話せることを、私はまるで一大事のように思い込んでいた。

それを悩みとしていなかったとしても、そこで芽生えた感情に、ふたりはちゃんと笑えるまで向き合ったんだろうな。

ぱく、とごはんを食べる。

「……私、ずっと親と口利いてないんだ」

何気ないことのように言うのって意外と難しい。重たくならないように、明るさが空振りしないように。そう思いながら、つぶやいた。

ふたりは私の顔を見つめた。それから、なんでもないことのように笑う。いつも通りの笑顔で、それから私のほうへ椅子を近づける。

「なんでも聞くよ」

バシ、と美奈に肩を叩かれる。そんな美奈を叱るように、雪菜ちゃんが美奈の腕をぺち、と叩く。

そんなふたりに思わず気が抜ける。それから、ぽつぽつと今までのことを打ち明けた。当たり前のように、私の話を聞いてくれるふたり。少し前までの私では考えられなかった。

きっと、幽霊さんと出逢ったから、今がある。

「すまんな」

スクールバッグを床に置いて、進路相談室の前で突っ立っていた私は顔を上げた。

三浦先生は十分遅れで来た。職員会議が長引いてしまったらしい。

進路指導室の鍵を開け、中に入る先生の後に続く。

三浦先生がテーブルの奥にある椅子に腰かけた。私が手前の椅子に座ると、向かい合う形になり、さらに緊張が身体の中に広がる。

先生は机の上に私の名前が書かれた進路調査票を出す。

自分の筆跡で書かれているのは、名前だけ。他の埋めるべき欄はすべて空白だ。

「一年の頃は、大学進学って言ってたよな」

もう一枚、三浦先生が机の上に紙を置いた。一年生の頃に提出した進路調査票だ。

今よりももっとざっくりしたもので、私は、大学進学の欄にしっかりと丸を付けていた。

「他に行きたいところでもできたのか？」

三浦先生の言葉に、かぶりを振った。

逆だ。行きたいところがなくなってしまったのだ。いや、行きたいところなんて元々なかったことに、ようやく気がついたのだ。

三浦先生は椅子の背もたれに寄りかかる。ギ、と椅子が音を立てた。

考え込む顔の先生を見る。私がなにに悩んでいるのかを知らずに、先生は悩んでいた。でも、私から聞き出そうとはしなかった。

言わないと、相手にはなにも伝わらない。ずっと、自分の気持ちを溜め込んできた。なにも言っていないくせに、なにもわかってもらえないと、周りに不満を抱いていたんだと思う。

そんな自分を認めたくなくて、私はなにも期待していないふりをしていた。

聞かないのは、相手の優しさだってことを私は知らなかった。強がる私は、弱さを隠すためになにも話そうとしなかった。その優しさを蔑《ないがし》ろにするように自分の殻にこもっては、ひとりで苦しんでいると思い込んでいたんだ。

そんな殻は、幽霊さんに思いっきり壊されてしまったんだけれども。

「親の言いなりには、なりたくないと思ったんです」

じっと、私を見つめていた三浦先生はくたびれたように口元を緩めた。

「……子供は親を選べないもんな」

意外な反応に、私は拍子抜けしてしまった。教師だから、てっきり親を否定する生徒を正そうとしてくるのかと思っていたから。

私は、無言でうなずいた。

三浦先生は、手を伸ばし、一年生の頃の進路調査票を手に取る。大学進学に丸が付けられた紙を眺める先生。

「片瀬は、〝貧困のスパイラル〟って知ってるか？」

三浦先生が、紙を眺めたまま私に聞いた。貧困とスパイラルを別々にした単語ならわかるけれど、ふたつがひとつの言葉に集約されたものを私は知らない。

こちらを見ない先生に向かって「知りません」と返した。

三浦先生は私の返事に「そうか」とだけつぶやくと、紙を机の上に戻した。

「収入が低い家庭の子供は、そうでない家庭の子と比べて教育環境に差がつく。塾に通えない、習い事に通えない。そのことでその後の進学や就職が不利になる」

三浦先生はそう言いながら何気なく視線を壁に向ける。追いかけた先にはたくさんの大学の案内ポスターだ。

「不利ということは、収入の低い仕事をするということだろう。その子供が大人になって、親と同じような境遇《きょうぐう》の中で家庭をもつ。そして、自分と同じ道を我が子に歩ませるほかない。貧困が親から子へ、また次の世代の子供へと引き継がれるんだ」

私は先生の言葉を聞きながら、今まで当たり前のように通っていた塾や習い事を思い出す。

行きたくないなんて思いながら通っていた。だけど、学校でわからないところは塾でもっとわかりやすく教えてもらえるし、塾で習っているから学校のテストであまり困ったことはない。

自分が努力したからだと思い込んでいたけれど、それは親のお金で塾に通えていたことも大きかったのだと、今さらながら気づく。

通いたくない子なら知っていたけれど、通えない子がいるというのは知らなかった。

黙ったまま話を聞く私に、三浦先生は小さく口元を緩めた。

「片瀬が思っているよりも、見えない貧困はそこら中に転がってる。今は奨学金《しょうがくきん》を借りて大学に行って、卒業する頃には多額の借金を背負って社会に出ていくやつらがたくさんいるんだよ。もちろん、環境ですべてが決まるわけではないが……」

親に奨学金の話なんてされたことはないし、予備校の紙を渡されることはあっても、アルバイトの話なんてされたことがない。

私はしょせん、ただの女子高生だった。それも小さな小さな池の中であれが嫌だこれが嫌だとワガママを言っている小さな魚。井の中の蛙《かわず》だ。

三浦先生は少しだけ悲しそうに眉を下げた。

「スタートラインはみんな一緒なんて言葉は、綺麗ごとだよ。今どき、運動会の徒競走でも、足の速い子とそうでない子で走る列を分けるのにな」

三浦先生は厳しいし、怖い。テストも多い。授業もきつい。でも、そんな三浦先生がすべてじゃない。厳しいのは、生徒を本気で思っているからで、本気だから怖い。

全部、優しさの裏返しだった。

幽霊さんと出逢ってから、いろんな人の裏側に触れられるようになった。ちょっとちがうな。

当たり前のようにそこにずっとあったんだ。それに、ようやく私が気づけるようになっただけだ。

三浦先生は、立ち上がる。進路指導室の奥にある棚の引き出しをいくつか開けて、そこから、三、四枚の紙を抜き取って、こちらに戻ってくる。

「片瀬に、自分の環境に感謝して、親の言う通りに大学に行けなんて俺は言わない。第一、周りを見下ろして自分の幸福を実感しろなんて好きじゃない。片瀬には片瀬なりの問題があるから、白紙を選んだんだもんな」

適当に書いておけば居残りなんてしなくてよかったのに、と付け足して三浦先生は笑った。私も思わず笑い返す。

確かにそうだ。だけど、白紙にしなかったら三浦先生の話をこうして聞くこともできなかった。

三浦先生は、私の前にプリントを並べる。それは、さまざまな大学のオープンキャンパスの案内だった。

「子供は、親を越えるためにいるんだし、親の言いなりになりたくないと思う気持ちは立派だ。ただ、その感情の使い道はもっと考えたほうがいい。今の片瀬みたいに、これから悩むことになる子供を救ってやれるのは、これから大人になる片瀬なんじゃないか？」

私は三浦先生の言葉を聞きながら、そっとオープンキャンパスの用紙を手に取った。三浦先生はしばらく私の様子を観察して、全部の用紙にざっと私が目を通したのを確認すると「じゃあ、帰るか」と鍵を手に取った。

私も、その紙をスクールバッグの中に押し込みながら立ち上がる。

進路指導室を出て、鍵を閉める三浦先生。私はその横に立ち尽くしながら、ふと、先生に訊ねた。頭に浮かぶのは、昨日の幽霊さんの言葉。

「……先生は、どうしても許せないことがあったら、どうしますか？」

三浦先生はきょとんとした顔で私を見下ろす。でもすぐに考え込むのと同時に、鍵を閉める動きを再開させた。

「難しいな。それでも許すなんていうのはもっと難しいけど、そうだな……」

鍵を閉め終え、鍵が閉まっているか確認するように扉を引こうとする三浦先生。「よし」、なんてつぶやくが、顔はまだ悩んだ表情だ。

それから、私を見て参ったように困った顔をした。

「わからん」と吐き出した先生は、後頭部の髪を右手で引っかき回す。そして、ふと寂しそうな顔をしてつぶやいた。

「でも、許せないから、戦争はなくならないんだろうな」
三浦先生の言葉が、ちくり、と私の胸に刺さった。

私は一度、家に帰ってから雲井駅に向かっていた。家にはめずらしく誰もいなかった。佳澄はまだ部活だし、父も仕事だろう。母は買い物にでも行っているのかもしれない。

家の最寄り駅まで歩いていると、ふわりとカレーの匂いが鼻腔《びくう》をくすぐった。春夏秋冬で匂いは変わるのに、カレーの匂いはいつだってカレーの匂いだ。味だって家によって異なるはずなのに、カレーということはすぐにわかるのだ。

道の向こうから歩いてくる人がいた。今日は回り道することなくそのまま歩き続ける。

「こんにちは」
うちの三軒隣に住んでいる飯島《いいじま》さんだった。曲がった腰で、たくさんの野菜を抱えている。

シワの多い顔がじっと私を見つめた。そしてふわりと口元を緩める。
「安澄ちゃんだったのね。最近、目が悪くて、ごめんなさいねえ」
笑った飯島さんの顔を懐かしいと思った。小さい頃は、すれ違うたびにいろいろと世話を焼いてくれたのだ。佳澄を連れてお姉さん面をする私を、いつだって褒めてくれた。
「持ちますよ」
私の言葉に、飯島さんは目尻を下げる。
「安澄ちゃんは、いつまでも優しい安澄ちゃんなのねえ」
飯島さんから野菜を預かり、家まで運ぶ。飯島さんに昔も今も優しいと思われてい
ることが少し照れくさくて、それでいてどこか申し訳なかった。
家まで着くと、飯島さんはお礼だと言って、ビニール袋に入れて野菜をたくさん分
けてくれた。私は頭を下げて、飯島さんと別れた。
ビニール袋を右手に、少し悩む。右へ進んでこのまま駅に向かうか、左に進んで家
にこの野菜を置いてから行くか……。
だけど電車の時間が迫っていることが一番の決め手となり、私はビニール袋をがさ
がさと鳴らしながら、急いで駅まで向かった。
閑散とした駅に私の足音とビニール袋の音が響く。なんとか電車に間に合い、ふう
と息をつく。
柔らかな座席に腰掛け、静かに瞳を閉じた。
幽霊さんがどんな決断をしてもうなずけるように。それから、私がきちんと幽霊さ

んに自分のことを打ち明けられるように。

急いでいない時のほうが、あっという間に目的地にたどり着いてしまうものだ。

雲井駅で降りてしばらく歩き、遠目に公衆電話が見えてくるとそこに、幽霊さんはいた。

彼の視線の先には、花と缶の飲み物があった。古い花はなく新しい花が供えられていた。

「すみません、遅くなりました」

幽霊さんはぱっと顔を上げ私を見つけると、静かに瞳を細めた。

「時間なんて約束してないじゃん」

「そうですけど」

一応、とつぶやく私に、幽霊さんはさらに笑う。壊れ物を見ないふりして、ふたりでわざわざ緩やかな時を生み出した。いつも通り。

幽霊さんは、まるで昨日の出来事など忘れているみたいに振る舞った。きっと、今は考えないようにしているのだろう。

幽霊さんの視線が私の右手に移る。

「なにそれ」

指摘されてから気がつく。私は、ビニール袋を持ち上げて笑った。

「もらいものの野菜です」

ふたつの持ち手を開く。中を覗き込む幽霊さん。ナスにきゅうり、ピーマンにとうもろこしが入っている。幽霊さんはなにかを思い出したように、ふっと表情を緩めた。

「千春ってさ、とうもろこしとコーンは別物だって言うんだ」

すぐにツンとした顔の千春さんが浮かんだ。幽霊さんの笑顔につられるように、私も笑う。

「コーンは好きだけど、なんつーの、とうもろこしの芯に付いたまんまのやつは食べられないんだ。そしたら、血繋がってないのに、親父もまったく同じだったんだよ」

一緒に笑って、幽霊さんの話に私も、昔のことを思い出す。ビニール袋を閉じて地面に置き、そのままガードレールに寄りかかった。

密かな決意を悟られないように、笑顔を浮べる。

「うちは、お祝いごとにはすき焼きっていう、変な家族なんです」

私の顔を見て、幽霊さんの瞳の奥が少しだけ揺れた。それから幽霊さんはなにも言わずに私の隣に並ぶ。そうして、私が幽霊さんの顔を見なくても話せる環境を作ってくれたのだ。

めずらしく幽霊さんに遠慮したつもりなのに、気づかれていたな。少しだけそのことに力が抜けた。

「でも、もう二年は食べてません。誕生日は毎年やってくるのに」

昨日のことのように、あの日のことが蘇る。

「そっか」と幽霊さんが低い声で相づちを打つ。喉の奥でつっかえそうになる言葉を、奥に逃げてしまう前に引っ張り出した。

「私、高校受験に失敗したんです」

風が強くて寒い日だったのをよく覚えている。父が運転する車に、母と私の三人で高校に向かった。

寒さで身体が震えているのか、緊張で震えているのかわからないまま、自分の受験番号だけを必死で探した。でも、探しても探しても、それは見つからなかった。

車で待っていた両親に、「ダメだった」と言うだけでいっぱいいっぱいで、顔を見ることができなかった。

そんな私にふたりは振り返って、はっきりと言った。

「第一志望が不合格だとわかった時、両親は私に『いい大学に行けば、高校なんて関係ない』って、最初に、そう言ったんです。その瞬間、私の中でなにかが空っぽになりました」

愕然《がくぜん》とする私の気持ちを置き去りに、父は平然と車を走らせた。途中でスーパーに寄り、「待ってるか？」と父に訊ねられた頃には、怒りが湧き起こっていた。

私を車に残しふたりが買ってきたのは、すき焼きの具材だった。私の隣に置かれたそれに、心底嫌気が差した。

「高校に落ちた日も、すき焼きでした。一切、食べませんでした。それから、家族と口を利かなくなりました」

家族できちんとテーブルを囲んだのはあの日が最後だと思う。結局、私は夕食が始まってすぐに自分の器を床に投げ捨てて、二階の部屋に駆け込んでしまったのだけれど。

「いつも私は親に、いい高校、いい大学、いい企業に就職しなさいと言われ続けてきました」

そう言われるたびに机にかじりついて勉強をした。

でも私は平凡だったから、がんばっている人よりも、もっともっとがんばらないといけなかった。どれくらいがんばればいいのかわからなくなっても、がんばるしかなかった。

すべては親の言う〝いいところ〟に行けるように。

「たくさんの人に、出来のいい妹と比べられながら。なにをしても賞状をもらえる妹とちがって、私は小さい頃に英会話教室でもらった、手作りの賞状たった一枚しかないんです。その妹は、私が落ちた高校に簡単に合格しました」

乱れた気持ちを飲み込むように一度、口を閉じた。すぐには幽霊さんの顔を見る勇気なんてなくて、うつむく。

端が少しだけ削れているローファーの先から目を横にずらす。

幽霊さんの黒いスニーカー。私より大きな足。思わず隣に並べて、大きさのちがいを知りたくなった。

幽霊さんの姿を少しでも視界に入れたら、心が落ち着いた。すっと息を吸い込んで、ふたたび口を開くと、隣の幽霊さんの顔を勢いよく見る。

「でも、幽霊さんに会って、少しずつ大切なものに気づけるようになったんです」

真っ直ぐと夜空色の瞳を見つめて、そう言う。幽霊さんは、閉じた唇に優しさをにじませて、そっと口角を上げる。

じっと私を見つめるその顔は、どこか懐かしむような表情で、気持ちを溜め込むように、ただ静かに微笑んでいた。

その優しさに引っ張られて、心が解けるように唇から言葉が落ちる。

「両親への反発心で、大学に行かないなんて思っていました。でも大切なことに気づいて、いろんな話を聞いて、大切な人に自分の話を打ち明けて。私って井の中の蛙だったんだって思い知りました」

情けないな、と素直に感じる。思わずその気持ちが溢れそうになった。揺らいで、視線が下に落ちそうになる。

「むー」と、幽霊さんに呼び止められて、私の視線は彼のほうに吸い寄せられる。幽霊さんは気まぐれにゆったりと、唇の端を、きゅ、と上げた。

少しだけ、なにかが吹っ切れたような艶やかな笑顔だった。

「でもむーはそこで終わらなかったじゃん。〝井の中の蛙大海《たいかい》を知らず、されど空の青さを知る〟だろ？」

なぜか自信満々の幽霊さんの顔。鼻歌でも歌いそうなくらい嬉しそうに細められた瞳。

風が吹いて、私の髪を揺らす。幽霊さんの茶色の髪は一切なびくことはない。幽霊さんには触れることができない。だけど、幽霊さんは時々、私に触れた。

幽霊さんが笑う。たったそれだけのことに、私の心臓の裏側は小さな赤いリボンをきゅ、と結ぶように締めつけられるのだ。触れられていないのに、そこは、幽霊さんのためだけに動いた。

私は、幽霊さんから顔を逸らす。これ以上、リボンを固く結ばれては困る。言いたいことが言えずじまいになってしまうから。

記憶を遡《さかのぼ》る。ぎゅう、とスカートを手で握り締めた。

「正直、あの日の両親の言葉を、今でも許せないと思ってる私がいます……でも、今のままじゃダメだってこともわかってます」

　小さく息継ぎをする。躊躇ったら言葉は身体の底に沈んでしまうから。

「幽霊さん、私は、家族とちゃんと話せるでしょうか」

　上擦《うわず》った声。言い切った解放感の次に襲いかかるのは、幽霊さんの反応だ。おそるおそる顔を上げた。そして幽霊さんの顔を見ようとした瞬間。

　私は、幽霊さんに抱きしめられていた。思わず、息が止まる。

　抱きしめられるといっても、幽霊さんは私を抱きしめる身体をもっていない。実際には触れていない。回された腕も、私の口元にある幽霊さんの肩も、私の頭上にある幽霊さんの唇からもなにも感じない。温もりはない。

　だけど、不思議と暖かい気がした。

「……また、してやられた」

「え？」

　ぼそっと幽霊さんがつぶやく。息遣いはないけれど、声は私の耳を痺《しび》れるように流れ込んでくる。

　幽霊さんは私を抱きしめたまま、言葉を紡ぐ。

「……二年間、誰の目にも留まらずにずっとここにいた。雨の日は、死んだ日を思い出して、寂しくて泣きたくて、でも幽霊だから、感情はあるのに、どんなに泣きたくても、涙は出なかった」

少しだけ弱ったような声が私に向けられる。

きゅ、と今度は青いリボンが結ばれる。

雨の日も、風の日も、雪の日も、暑い日も、寒い日も、幽霊さんは二年間、ずっとここでひとりぼっちだった。消えかけの明かりのついた公衆電話の横で、自分が死んだ場所に縛りつけられていた。

逃げることもできずに、淡々と過ぎていく日常の中にさえ自分の存在が溶け込めずに、それでもなお、まばたきだけを繰り返していたのだ。

そっと幽霊さんが私から離れる。

背の高い幽霊さんが私を見下ろす。わずかに前へ傾いた時に、幽霊さんの茶色の髪がさらりと流れた気がした。星が詰め込まれた瞳はいつ見ても綺麗だった。

長いまつげが、瞳が細まると同時に小さく揺れた。

「むーが俺を見つけてくれたことは、当たり前なんかじゃないんだよな」

少しだけ、掠れた低い声。熱を孕んだような瞳は、真っ直ぐに私を見つめているだけだ。

夜風が私の背中に柔らかくぶつかる。風に弄ばれる髪を押さえる。

すると、幽霊さんがそっと私に近づいた。驚いて、後退ろうとするもガードレールに足をぶつけただけだった。

幽霊さんの顔は私が知っているいつもの表情だった。猫みたいで飄々《ひょうひょう》としていて、時折、優しい眼差しをする。

彼は、私に近づくと、すん、と鼻を鳴らした。髪の匂いを嗅《か》がれたのだと気づき、慌てて頭を押さえた。

「前から思ってたけど、むーの髪、いい匂いするよな」

淡々とした言葉に、ぶわっと身体中が燃えるように熱くなった。手のひらもじわじわと汗ばんでくる。手のひらに髪が引っつくような感覚。頬にも熱が集まって、私が私ではなくなる。

そんな私を気にしないのか、気づかないのか。

幽霊さんは、さらに私の髪を嗅ごうと近づいた。

「は、恥ずかしいんでやめてください！　前に嗅覚あんまりないって言ってたじゃないですか！」

頭を押さえながらそう言う。幽霊さんは、まばたきを繰り返しながら、真っ直ぐに私の顔を覗き込んだ。それからなんの躊躇いもなく言葉を落とす。

「意識してるから、むーの匂いはよくわかるよ」

ぶわっと顔中に熱が集まり、心の中の赤いリボンがぎゅうぎゅうと固く結ばれて、苦しさが増していく。真っ赤であろう顔を幽霊さんに見られていると思うと、情けなくもさらに頬が熱くなる。

「私を嗅ぐの禁止です」

そう、思い切り叫んだ。幽霊さんはそんな私の顔をまじまじと見つめる。そして、吹き出すように笑った。真っ赤になった私の顔がおかしいのだろう。

幽霊さんは屈託のない笑顔を浮かべて、そっと口元に手を当てた。

「髪はいい匂いのほうがいいよな」

静かにそれだけつぶやくと、またからかうように私に近づいた。

第10話　爪先三センチから見える世界

「レターセット、切手、ペン、あとは……あ、メモ」

忘れないように、スマホのメモ帳に打ち込む。野菜の入ったビニール袋が膝に当たって、がさ、と音を立てた。

反芻していたものは、幽霊さんに別れ際、次会う時に持ってきてほしいと言われたものだった。忘れないように打ち込んだメモを閉じて、ポケットにしまう。

家に着き、玄関に手を掛けた。少しだけ緊張する。

ビニールの袋を握り直して、左手で扉を開けた。開いた扉の先、目に入るのは、靴箱の上と、その壁に飾られた佳澄のたくさんの賞状。玄関にはくたびれた父の革靴。履き古された母の靴。佳澄のローファー。

「……ただいま」

いつもより大きめの声でそう言うと、少しだけ不機嫌そうな口調になってしまった。こんなささいなことさえもうまくいかない。

ローファーを脱いで、家に上がる。リビングの扉が開いて、母が顔を覗かせた。

「安澄、おかえり」

いつものご指摘は受けなかったから、ただいまが届いていたのだと内心で安心する。それを顔に出さないようにすると、やっぱり少しだけ眉間にシワが寄ってしまった。

リビングから、佳澄の声と父の声がする。少しだけ不機嫌そうな佳澄の声。佳澄が両親に向かって、反抗的な声を出すなんて初めて聞く。

聞き間違いかなと思っていると、母が私の手にもつビニール袋へ視線を向けた。

「それどうしたの？」

私は、部屋の様子が気になりながらも母のほうへその袋を差し出す。

「飯島さんがくれた」

母は私から受け取ると、ビニール袋の中を覗き込んだ。

「あら、今度会った時にちゃんと御礼《おれい》しなくちゃ」

こんなに会話をしたのは久々だ。それなのに、母は顔色ひとつ変えないで、今までずっとそうであったかのように私と言葉を交わす。それが嬉しくもあり、悔しくもあった。

私は、一つひとつの言葉を落とすのにこんなにも勇気を振り絞っているのに。それを悟られないように、平気な顔をしているのに。

何事もなかったように振る舞っているのが母の優しさなのだと、きちんと顔を見ればわかった。

言わなきゃ、ちゃんと。そう思ってもなかなか声が出ない。ちゃんと家族と話をすべきだということは理解している。

けれど、なんでも言える関係だからこそ、言えないことがある。どこまでも深く入り込める関係だからこそ、入らせたくない自分がいる。いくら家族でも、家族は私自身ではない。私という人間はこの世にひとりしかいないのだ。

母が私を見つめている。言わなくちゃ。

「……二階行くね」

言えなかった。喉までやってきた言葉の数々は一気に腹底まで落ちる。

母はそんな私をまったく気に留めた様子もなく言葉を返す。

「早くお風呂入りなさいね」

うなずいて、二階に上がる。

「……大学のことはもう少し自分で考えさせて」

振り返る勇気はなく、背中に母の言葉がぶつかるのを待つ。少ししてから「そう」とだけつぶやいた母の言葉を受け止めてから、私は残りの階段をのぼった。

自分の部屋に入り、力なくカーペットの上に座り込んだ。丸テーブルの上に腕を放り出して、顔から突っ伏す。

話したいことの一割もちゃんと伝えることができない。

いざ、母親の目を見て思いを告げようとすると、固まってしまうのだ。脳内でうまく話せていた自分は、現実にはどこにもいない。

喉の奥に透明な膜が貼られたように、声がそこを突破できない。

はあ、と深いため息をこぼした。

お風呂に入らないと、と思って立ち上がる。スカートのポケットに入れていたスマホを取り出すと、美奈と雪菜ちゃんと私のグループメッセージが動いていた。

明日は祝日だ。美奈は午後から部活があるらしい。雪菜ちゃんも夕方からアルバイトみたいだ。午前中に会おうというやり取りに、私も加わった。

すんなりと予定が決まり、朝の九時に学校から一番近いファミレスに集合ということになった。

次に幽霊さんといつ会うかは約束していなかった。明日、会いに行ってもよかったけれど、きちんと家族と話せるようになってからにしようと決めた。

でも、そんなことをしていたらいつまで経っても頼まれたレターセットが届けられないことに気がつく。

少しでもいいから家族に話せたら、向き合えたら、幽霊さんに会いに行こう。

そんな時、ふと幽霊さんの笑顔を思い出して、ぶわっと身体中の熱があちこちを駆け回り、耳から垂れた髪が少しだけうつむいた視界に映り込んだ。

そっと一束手に取り、すんすん、と鼻に近づけ匂いを嗅ぐ。ほんの少しだけ甘い匂いがする。好きな香りのシャンプーとトリートメントが髪にも付いていた。

でもそれはほんのりで、気にしなければわからないぐらいの香りだ。

『意識してるから、むーの匂いはよくわかるよ』

不意に、幽霊さんのある時の言葉を思い出した。

意識してるから。その言葉がリボンの紐《ひも》を赤く塗りつぶす。緩みそうになる口元を必死でこらえる。部屋には私ひとりしかいないのに、一生懸命なんでもないふりをした。

その時、ばたん、と下で大きな音がした。

びくっと肩を上げて思わず扉のほうを見ると「佳澄！」と母の声が扉越しに聞こえる。その声をかき消すように、だんだん、と階段を大きな音を立てて上がる音。その音は私の部屋の前を通り過ぎ、ふたたび扉が激しい音を立てて閉まった。

佳澄が怒っているのはわかった。けれど、なにに対して怒っているのかは全然、わからない。

むしろ、佳澄が怒りを親にぶつけたことのほうが驚きだった。いつも明るく笑って、なんの悩みもなく上へ上へと行く妹だったから。

お風呂の用意をして、部屋を出る。隣の部屋を見るが物音ひとつ聞こえず、首を傾げながらも私は階段を下りた。

翌日、私は早めにファミレスに着いた。ドリンクバーだけ頼み、四人掛けのテーブルでふたりを待っていた。

　佳澄のことが少しだけ気になっていた。朝起きて、下に行くと佳澄はもう家を出た後だったけれど、母が作った朝食には手を付けられていなかった。

　寝坊して食べる時間がなかったのかな、とあまり深く考えないようにしたけれど、やっぱり気になってしまう。

「安澄ちゃん、待たせてごめんね」

　雪菜ちゃんは時間通りなのに慌ててやって来る。私は小さく笑いながら「おはよう」と返す。

　雪菜ちゃんは私の正面に腰かけると、額の汗をハンカチで拭う。うさぎとニンジンの刺繍が入ったお馴染《なじみ》のものだ。それから少しして、美奈がやって来る。

「おはよう。ふたりともよく起きれたねぇ」

　部活の格好をして、髪をひとつに束ねている。休みの日なのに、という意味が込められているのが私も雪菜ちゃんも意識せずともわかった。

「朝九時に集合かけたのは美奈ちゃんじゃん」

　そう突っ込みを入れる雪菜ちゃん。美奈は雪菜ちゃんの隣に座って、涼しい店内の空気を目一杯吸い込む。メニューを広げてごはんを注文して、ふたりがドリンクバーから自分の飲み物を持ってきて、ようやく私たちだけの時間が訪れる。

最初に口を開いたのは美奈だ。

「来月の夏祭り、三人で行こうよ」

唐突な言葉に私も雪菜ちゃんもきょとんとしてしまう。先に美奈の言葉を飲み込んだのは雪菜ちゃんだった。

「でも、美奈ちゃんは彼氏と行くんじゃなかったっけ？」

「別れた。昨日」

あっけらかんと放たれる言葉に、大きなリアクションを取ってしまう私たち。美奈は元カレになった人のことを思い浮かべているのだろう。急にしかめっ面になって勢いよく氷を噛む。

「私が部活ばっかで会えないのが嫌になったんだって。付き合う前に私はちゃんと忠告したんだよ？　部活が忙しくて会えないことが多いと思うって」

ばん、とテーブルを叩きつける美奈。びくっと肩を上げてしまった。美奈はまるでヤクザのような目つきのまま声の音量を上げる。

「そしたら、全然平気！　大丈夫！　っておめーが答えたんだろうが!!」

よほど腹が立っていたのだろう。ふん、なんて鼻を鳴らすと美奈は烏龍茶を一気飲みして、残りの氷も全部口の中に放り込んだ。がりがりとかみ砕いている間に冷静さを取り戻したのか、美奈はいつもの表情になる。

「だから、夏祭りフリーなんだよね。行くなら三人で行きたいなって」

そこに注文していたごはんが三人分、届く。テーブルの上に広がるおいしそうな料理に、私たちの顔は思わず緩んでいた。ぱくぱくと食べながら話を戻す。

数えてみると、夏祭りまであと一ヶ月もない。三浦先生からもらったオープンキャンパスの案内の日程はどれも夏休み中だった。今年の夏は、少しだけ自分の中でなにかが変わるような気がする。

変わる、その言葉に、ふと幽霊さんが思い浮かぶ。

幽霊さんとはいつまでこうしていられるのかな。

そうして、最初の頃のことを思い出す。

幽霊さんがこの世でやり残したことは三つ。今はふたつめだ。三つめをやり遂げたら、幽霊さんはいなくなってしまうのだろうか。

きっと、そうだ。そして私の記憶の中にいる幽霊さんという存在は消去される。そのことを思い出した瞬間、私は自分でも信じられないくらい動揺していた。

——私が、幽霊さんのことを、忘れる。

たったそれだけのことがずっと頭の中に残っていた。

「安澄？」

美奈の声がいきなり頭の中に響いた。我に返って、顔を上げると、ふたりは怪訝な顔で私を見つめている。

「あ、ごめん」

動揺している気持ちを押し込めて笑う。すると雪菜ちゃんは、心配そうな顔で私に問いかける。

「どうしたの？　具合悪い？」

優しい雪菜ちゃんの声に、抑え込もうとしていた気持ちが濁流《だくりゅう》のように流れ出る。ぎゅ、と眉間にシワが寄る。泣きそうになる気持ちをぐっと飲み込む。

今まで結ばれてきた赤いリボンが力なく解けていく。

「……胸が痛い」

幽霊さんのことを思うと、とても、苦しい。昨日みたいにふわふわと、綿菓子のように溶けて消えるような甘ったるさはない。

いろんな幽霊さんの表情を思い出すたびに、胸がきしきしと痛む。その先には、幽霊さんがいなくなってしまうという思いがあった。

美奈が慌てている。雪菜ちゃんも心配そうにあたふたしている。

胸が痛いって、普通に考えたらなんの病気だって思うもんな。本気で慌てるふたりを見たら、少しだけ気が紛れる。

好きな人ができたら、ふたりにはちゃんと言うって約束したんだった。片思いのうちの恋バナって、甘酸っぱい空気が蔓延《まんえん》するはずなんだけど、たぶん、私のはどこまでも苦い話になっちゃうんだろうな。

「好きになっちゃいけない人を、好きになっちゃったんだ」

言葉にすると、その意味が現実味を帯びて泣きそうになる。

私の言葉に目の前のふたりは固まる。いろいろ考えているのだろう。好きになっちゃいけない人のことを想像しているのかもしれない。

でも、幽霊さんのことを、他にどんなふうに伝えればいいのかわからなかった。千春さんの時みたいに信じてもらえるまで、その存在を伝え続けるのも、ふたりに対してはなんだかちがう気がした。

「安澄ちゃん、もっと堂々とすればいいんだよ！　それぐらい好きになれる人がいるなんて素敵《すてき》なこと極まりないじゃん！」

勢いよく雪菜ちゃんは言い切った。驚いて、くよくよしていた気持ちが吹っ飛んだ。

口を開けて固まる私に、声をかけたのは美奈。

「好きになっちゃいけないって、それは安澄が思い込んでるだけの感じ？　その彼に相手がいるってわけじゃないよね？」

少しだけ心配を孕んだような声だった。

私が首を縦に振ると気の抜けたように、美奈は笑う。

「じゃあいいじゃん。安澄がうまくいったら、夏祭りはその人とかあ」

楽しそうにそうこぼして美奈はドリンクバーへと行ってしまった。私は複雑な気持ちのまま、じっとテーブルを見つめる。

幽霊さんはそうじゃない。好きになっても無駄、というほうが近い。

夏祭りまで、幽霊さんはいるのだろうか。それは、彼にとって幸せといえるのだろうか。二年以上もあの公衆電話でひとりぼっちで、私と会って、それでも自分が死んだということを思い知るばかりの毎日でも。

幽霊さんは少しでも早く契約を終えて、この世から消えたいと思っているんじゃないだろうか。

そもそも、私たちの間には持ち込んではいけない感情だ。好きになってはいけない人、という域をとうに超えている。だって、この世の人ではないのだから。

自分の気持ちのために、がんばろうがそうでなかろうが、結果は一緒だ。幽霊さんとの思い出はいつか私から消えてしまう。それがすべてだ。それならば。

「……がんばる必要もないいんだよね」

ふたりに心配をかけまいと口角を上げる。ドリンクバーから戻ってきた美奈は、リンゴジュースを手に持っていた。

美奈は私の表情から気持ちを察したらしく「そっか」とだけつぶやく。それから何気ない調子でごはんが冷めちゃうよ、と私たちを急かした。

自分でもばかだなって思う。いつから幽霊さんをそういうふうに思うようになったのか。その瞬間がわかったのなら、その時の自分に今の私がすり替わってやりたい。ありふれた話で私の気持ちを軽くしようとしてくれる美奈。それに乗っかるように、私も笑った。雪菜ちゃんだけが少しだけ、寂しそうだった。

食べ終えると、あっという間に時間が過ぎていたことに気がつく。デザートを食べるか否かの話をしていた時、雪菜ちゃんが静かな声で話しだした。

「……私、がんばらなくてダメだったことと、がんばってもダメだったことは、全然別物だと思う」

そう言って、話を巻き戻した。美奈が少し戸惑ったように雪菜ちゃんを見る。私も、驚いてなにも言えない。

雪菜ちゃんは、真剣な表情のまま私を見つめた。いつも穏やかでニコニコしていて、明るい雪菜ちゃんとは別人のように見える。

真っ直ぐで、それでもわずかに寂しさを混ぜ込んだ顔。雪菜ちゃんは小さな鞄からハンカチを取り出した。テーブルの上に広げて、それを見下ろす。

「これね、宝物なんだ。初恋の男の子がホワイトデーにくれたの」

大切そうにハンカチを見つめて、そうささやいた。そして私たちのほうに顔を上げて恥ずかしそうに笑う。

「ずっとずーっと大好きだったの。でも、転校しちゃった。結局、好きって言えなかった。私はがんばれなかった」

ぱたぱた、とハンカチを叩いて伸ばす雪菜ちゃん。物静かで奥手で、優しく大人しい雪菜ちゃんがそんな熱い恋を心に秘めていたなんて知らなかった。

素直な美奈は口元を両手で押さえて、まるで感動的なドラマを観ているかのような反応だ。そんな美奈をくすくすと笑いながらも、雪菜ちゃんは言葉を紡ぐ。

「あとで、いつか、タイミングがって言い訳してた。もしも今会えたら、思いっきり好きって言うよ。でもさ、あの時彼を好きだった私も、彼自身もある意味で変わっちゃってるでしょ。私は、あの時の気持ちを大切にしたかったなって、すごく後悔してる」

何気ない話をするように、雪菜ちゃんはそう言った。丁寧《ていねい》に、大切に、ハンカチを折りたたむ。使い古されたのか、ところどころほつれが見える。

「安澄ちゃんがまだ間に合うなら、がんばってほしいな」

ぱたん、と最後の角と角を折りたたむと、雪菜ちゃんは私に向かってはにかんだ。

優しい声。私のことを自分のことのように思ってくれるその気持ちに、泣きそうになってしまった。

こらえ切れなくなったのか、美奈ががばっと雪菜ちゃんに抱きついた。

デザートを食べながら、感動して涙を流す美奈が「……しょっぱい」とつぶやく。

私と雪菜ちゃんは声を上げて笑う。いつもみたいに笑えるのは、紛れもなく雪菜ちゃんのおかげで、美奈のおかげだった。


ふたりと別れて帰路に就《つ》く途中で、郵便局に寄って切手を買った。

空がどこまでも高い。

雪菜ちゃんの言葉が心の中で何度も繰り返される。それを皮切りに、いろんな人の言葉がぐるぐると身体の中を駆け巡る。

迷わずに思ったことを行動に移す。言いたいことを伝える。

それは私が思っていたよりもはるかに難しいことだった。その気持ちや相手が大切だと思うからこそ、なかなか動きだせない。

まだ、やらなくてはいけないことは山積《やまづ》みだ。でも、もし、それが自分の力でなんとかできた時には。

幽霊さんにこの思いを伝えても、笑って許してもらえるだろうか。

幽霊さんの余裕の笑みが頭に浮かんだ。どんなに私が真剣に伝えても、笑い飛ばすのかな。意外と感動して優しく笑ってくれるのかな。答えは出なかった。出るわけなかった。

私は、幽霊さんにまだなにも言えてないから。

我が家が見える。足取りは不思議と軽かった。

素敵な言葉をたくさんもらえたからか、頭の中の私はなんなくハッピーエンドを描く。そこに困難は存在しない。奇跡だってたくさん起こる。現実は甘くないってわかっているけれど、こうでありたいというイメージは大切だ。

今度こそ、少しは素直になろう、がんばろう——そう思って、玄関の扉に手を掛けて、勢いよく開けた。

「頭ごなしに否定ばっかりしないでよ！」

玄関を開けた瞬間、そんな怒号《どごう》が聞こえてきた。私は慌てて玄関に入り扉を閉める。リビングから聞こえてくるのは、間違いなく佳澄の怒鳴り声だ。父の声も、母の声もする。

佳澄は午前練習だったのか。そんなことを思いながら、靴を脱ぐ。

家の中は土砂降りの大荒れだ。家族と向き合おうと思った気持ちはそれどころではなくなってしまった。

糸を張ったような沈黙《ちんもく》が流れ、私は、物音を立てないように家に上がった。

「ただいま……」

そっと、つぶやき、開けっ放しになっていたリビングへ顔を覗かせる。

四人掛けのテーブルに三人は腰かけていた。両親と向き合って、佳澄は泣いていた。

気持ちをストレートにぶつけて、怒って、泣いている佳澄を見るのは本当に久しぶりだった。

「……どうしたの？」

いつの間にか、そう訊ねていた。

佳澄を放っておけなかったのはたぶん、私の後を引っつき回って転んで大泣きして、私に手を引かれて泣きやむ小さな妹を思い出したからだ。

こちらを向いた佳澄はしゃくりを上げて泣いている。感情のおもむくまま、自分自身でどうすることもできないように苦しそうに泣いている。

父がため息をつきながら私に言う。

「佳澄のこないだの試験の結果が、散々だったんだ」

そう言って、机の上にある一枚の紙を軽く指先で叩いた。

佳澄の成績表だろう。私は、ゆっくりと近づき、立ったままその紙を覗き込む。確かにひどい点数で、順位も下から数えたほうが早い。

こんなダメな佳澄を見るのは初めてだ。もっと驚くかと思ったけれど、心の中の私は案外冷静だった。佳澄は高校生になって部活漬けの毎日で、家に帰ってからもよくバレーボールの試合をチェックしていた。

　父の隣に座る母がつぶやく。

「どんどん成績は落ちる一方だし、バレーでプロになるってわけじゃないんでしょう。第一、怪我をしたらなにも残らないのよ？」

　母の言葉に、佳澄が噛みつくように顔を上げた。瞳にたくさんの涙を溜め込んでいる。思いが絡まって、悔しそうに、感情の矛先《ほこさき》がずれていくのをコントロールできていない。

　傍《はた》から見ていて思う。我が家はなにひとつ、気持ちが噛み合っていない。

「プロとか怪我とか、そういう話をしたいんじゃないの。なんで私が部活をがんばっちゃいけないの？」

　佳澄の涙交じりの高い声が部屋に響く。外はあんなにも爽快なのに。冷房によって作り出された冷たい空気に、むしろ気分が悪くなる。

「がんばったらいけないなんて言っていない。ただ、勉強よりもバレーに重きを置くなと言っているんだ」

　父が落ち着き払った声で言う。こんな父を前にすると、泣きながら真剣に思いを伝えるのがバカバカしく思えてしまう。冷静といえば聞こえはいいが、ただ単に冷たいだけなのだ。

どんなに真っ直ぐ思いを伝えようと、響かないと思ってしまう。

黙り込む佳澄に、母がなだめるような声を飛ばす。

「佳澄が、安澄みたいに好きで勉強してないのはわかってるけど、東稜に行ったからには勉強だってがんばらなきゃ――」

その瞬間、大きな稲妻《いなずま》が頭の中心に落ちた。

信じられないという気持ちがいつの間にか強張った笑顔を作っていた。

無意識に身体がこの現状を拒絶していた。夢であるかのように視界がぐらりと揺れ、焦点が合わなくなる。

「……なにそれ」

こぼれた声は思ったよりもずっとずっと低かった。三人の顔が私に移り、両親のいつも通りの瞳とかち合った時、夢だと逃避しようとする自分自身が現実に引き戻された。

その代わりに私の視野を鮮やかに飾っていた色たちは生気を失ったように、モノクロへと姿を変えた。

心の中で、ぱりん、と大事に大事に手直ししたお皿が割れた。粉々《こなごな》ってこういうことを言うんだろうな。

「私、好きで勉強してたことなんて、一度もないよ」

なにも、なにも変わっていなかった。あの日と同じだ。

私の気持ち以前に、私自身は両親にとってまったく別物に見られていたのだ。二年前も、今も、これからも。

涙さえ出ない。私は怒る気力も失い、ただ静かに自分の部屋へとこもった。

鞄を床に置いた時、その中身に切手が見えた。思い浮かぶのは幽霊さんの表情。だけどすぐさま先ほどの現実が蘇り、心が冷たく凍てついた。

瞳から涙が落ちない代わりに、身体の中には悲しみが行くあてもなく、いつまで経っても彷徨い続けている。

こんな私を幽霊さんには見られたくない。少し前に、彼の前で希望を語っていた自分がひどく惨めに思い出された。私はベッドに倒れ込み、幽霊さんの笑顔をかき消すように瞳を閉じた。


朝、スクールバッグを肩に掛けて、階段を下りる。すると玄関に佳澄がいた。靴を履き終えると、佳澄は振り返ることなく黙って家を出た。

あの日からもう何日も過ぎた。私はもちろん、佳澄も両親と口を利かなくなって家の中はもっともっと暗くなった。今まで、佳澄がどれだけ無理をして家の中を明るくしていたのかがわかった。

ハンカチを取るためにリビングに入ると、めずらしく母が四人掛けのテーブルに腰かけていた。テーブルの上に両手を置いたその横顔は、なにかを思い詰めているようだった。

私の席には朝食とお弁当。佳澄の席にも同じ物が置かれているけれど、一切手を付けられていない。私も佳澄も、朝食も食べずお弁当も持たずにこの家を出ようとしている。

ハンカチを棚から取り出していると、深く考え込んでいた母が私に気づく。口を開いた母から顔を逸らし、さっさと玄関へと向かってローファーに足を突っ込んだ。

ふと、その変化に気がついた。

玄関の壁に飾られていたたくさんの賞状がない。それらは下駄箱の上に乱暴に置かれていた。佳澄がいつの間にか外したのだろう。律義《りちぎ》に私の賞状は飾ったままだ。

壁にひとつだけ、ぽつん、と飾られた私の賞状。

私は、少し躊躇ってからそれを外す。そして佳澄の賞状の上に私のも置いて、家を出た。

以前の日々に戻ってしまったように、両親とは口を利かなくなっていた私は、幽霊さんに会いに行けずにいた。

今日も答えは出ないまま、時間は過ぎる一方だった。放課後になり、三人で昇降口に向かう。美奈はめずらしく部活がオフだという。顧問《こもん》がなにかと忙しいらしい。靴を履き替えて外に出たが、三人で慌てて日陰に逃げ込む。雪菜ちゃんが大急ぎで日焼け止めを塗っている。

「塗っても塗っても心配」

そう言って、どばどばと身体中に日焼け止めを塗りまくる雪菜ちゃんの腕に日焼け止めのダマができている。美奈はそれを指先で取ると、首に広げていく。

なにもせずに笑っている私に、雪菜ちゃんが日焼け止めだらけの手で触れてくる。

「笑いごとじゃないよ。ちゃんと塗って。浴衣《ゆかた》は白い肌のほうが、似合うんだから」

されるがままになりながら、首を傾げる。そんな私の気持ちを美奈が代弁する。

「なんで浴衣？」

「夏祭り。例の人と行けることになったら、浴衣着るしかないでしょ」

えっへんと笑う雪菜ちゃんに、おお！と瞳を輝かせる美奈。

例の人。私は、幽霊さんを思い出し、小さく下唇を噛んだ。もう、何日も会っていない。夏祭りで盛り上がるふたりは、そんな私に気づかない。

日焼け対策万全で、校門に向かって歩きだす。私たち以外にもたくさんの生徒が歩いている。暑いだの、だるいだの、アイス食べたいだの、もうすぐ夏休みだの、いろんな会話が飛び交っている。

どこかの会話に影響されたのか、美奈は「夏休みかあー」とつぶやく。それからなにかを思い出したように私と顔を向けた。

「あ、ねえ、安澄、佳澄ちゃんの誕《たん》プレいつ買いに行く？」

美奈の言葉で、私も思い出す。佳澄の誕生日まであと一週間だった。

佳澄になにをプレゼントしようかと美奈に相談したら、買い物に付き合ってくれることになった。

すっかり忘れていた私に、美奈は唇を尖らせる。

「バレーウェアにするから一緒に付き合ってほしいって言ってたじゃん。そろそろ買いに行かないとじゃない？　今から行く？」

私はうなずいた。けれど佳澄が今本当に欲しいものはちがうとわかっていた。

もしもこのまま一週間を過ぎて佳澄の誕生日も同じ毎日のように過ぎたら、本当に、以前の私のような巻き戻しの日々になってしまう気がした。

胸がざわりと騒ぐ。

『私の誕生日、すき焼きってお願いしてもいいかな？』

佳澄は家族四人でまたすき焼きを食べたいと笑っていた。その佳澄が笑わなくなって、そのうちそれが当たり前になって、きっと私たちは笑うことなく家を出ていく。

心のどこかでは、今のままではいけないとわかっていた。

変わりたい。そう思っている私がいるはずなのに、また、あの日と同じように自分が傷つくことを恐れて、どうしても逃げてしまう私がいた。

そんな時に必ずとっていいほど脳内で思い浮かぶのは、幽霊さんの笑顔だった。

わかっている。わかっているのに、私はあと一歩がどうしても踏み出せない。


美奈と佳澄の誕生日プレゼントを買いに行ってから四日が経った。

私の足は公衆電話へと向かっていた。学校から家に帰り、お出かけ用の鞄に入れっぱなしになっていた切手を思い出したからだ。切手を口実に幽霊さんに会いに行けると思った私は、切手一枚にすがりつくぐらい弱っていた。

スマホのメモに記していたものを全部持って、気持ちが萎んでしまう前に制服のまま電車に乗り込んだ。幽霊さんとはもう一週間以上会っていなかった。

気持ちが安定していないせいか、私は知らず知らずのうちにサンダルを履いていた。制服にサンダルってちょっとおかしい。これで外出なんて、恥ずかしい。

電車に揺られながらいろいろなことを思う。

幽霊さんは今、どんな気持ちだろうか。いきなり会いに来なくなった私を怒っているのだろうか。呆れているのだろうか。

私は、彼に会ったらなんて言えばいいんだろう。あんなにがんばるんだと思っていた自分は、小さく弱り果て、逃げ腰で陰に隠れている。

ダメでした、がんばれません、と素直に打ち明けてしまえば、いっそ楽になれるのだろうか。

でも、そんなことをしたくないことは私が一番わかっていた。がんばれないと思う半面、がんばれないと認めたくなかった。

理想と現実はちがう。もうダメだと、あの日思い知った。

二年前も、こないだも。二度も、だ。それなのに、諦め切れない私が心の片隅にいるのだ。

でも、もうどうしていいのか、わからなくなってしまっていた。

負けず嫌い。私にはそれだけだった。

いろんな気持ちの最後に行きつくのは、幽霊さんに会いたい、だった。

私は幽霊さんと会ったことで、再生と巻き戻しだった日々はふたたび色が映え、音を奏で、心を鳴らし、進み出したのだ。

幽霊さんの前では、私は私自身に対してきちんと向き合うことができる。

幽霊さんに会って私はやっぱり変わりたいのだと、そんな私を彼に見てもらいたかった。

ただ、ただ、会いたかった。

雲井駅はなにひとつ変わっていない。それもそうだ。何年ぶりというわけではない。それなのに、懐かしいと思った。

廃れた町。蝉の鳴き声はなんの音にも邪魔されない。顔を上げれば、真っ青な空が真っ直ぐに見渡せる。高いビルもない。静かな町だ。

交差点へ向かって歩く。なんとか平常心を保とうしても、公衆電話に近づくと顔が強張る。言葉なんて考えていなかった。そんな余裕などなかったのだ。たぶん、幽霊さんに会った瞬間に、用意していた言葉なんて塵《ちり》となる。

公衆電話は相変わらずひっそりと立ち尽くしている。まだ夜を迎えてはいないのに、チカチカと光る蛍光灯。

大きめのサンダルで歩みを進めるけれど、幽霊さんの姿が視えない。

そのことに心臓が不可解《ふかかい》な音を立て始める。血管が広がって、どくどく、と心臓のあたりを勢いよく流れる。

嫌な予感が頭を過り、無意識に流れた想像を必死にかき消す。だが、一度でも不安に思うとその気持ちは膨らむばかり。

「幽霊さん……？」

思わず、そうつぶやいていた。

名前を呼べばきっと気がついてくれる。幽霊さん、そうとしか呼べないのが心許ない。もっと、彼の耳に一瞬で届くような幽霊さんの本当の名前が呼べたらいいのに。

ぐっと下唇を噛み締めて浅くなる呼吸を必死で整える。

「またむーっとしてんね」

楽しそうに、背後からそんな呑気な声が聞こえた。反射的に振り向くと、そこに、幽霊さんはいた。よく似ている。初めて幽霊さんと会った日に。

それなのに、私は怖いと思うどころか、心から安心している。そう思ってから、慌てて眉間を手で押さえた。

幽霊さんはそんな私を見て、息の抜けるような笑みを浮かべた。猫のような大きな瞳が、とたんに優しさを帯びる。一本の線のように細まった瞳から優しさがにじむ。

彼は躊躇うことなく私の元にやってくる。目の前で立ち止まると、そっと私の顔を覗き込んだ。

夜空色の瞳には、星。久しぶりに見ると、その綺麗さに見惚《みと》れてしまいそうになる。

「親と、ちゃんと話せませんでした」

それだけが口からこぼれ落ちていた。自然と。

私は言葉にしてから情けなさが身に染みる。気持ちを逸らすように、鞄からビニール袋を取り出してそれを幽霊さんに突き出す。

袋を見て、首を傾げる幽霊さんにぶっきらぼうに言葉を投げる。こうすることでしかいつも通りができないなんてやるせない。

「次会う時に持ってきてって言われたものです」

袋の中にはレターセット、切手、ペン、千春さんからもらったメモが入っている。

幽霊さんは袋から私へと視線を移す。眉間にシワの寄ったままの私を、目尻を下げて笑う。

彼はなにも聞かない。いきなり来なくなった私のことを、なにも。

幽霊さんから視線を逸らすと、彼はそんな私の瞳を追いかけてきた。じっと、私を見つめ、低い声でささやいた。

「俺の契約ふたつめの続き、むー、手伝ってくれる？」

そう言って、彼は私の手にある袋を指さした。私は、しばらく間を空ける。

幽霊さんがいったいどんな答えを出すのか。こんなに情けない今の私に、幽霊さんのお手伝いができるのか。ふたつめが叶ってしまったら、幽霊さんの姿は今よりもっと透けてしまうのか。

さまざまな思考が目まぐるしく脳内を駆け巡る。

それでも、私は小さくうなずいていた。なぜなら、綺麗な瞳があまりにも真っ直ぐに私を見るものだから。

満足げに幽霊さんの瞳が細まる。

「ありがと」

鈴を転がした後の余韻《よいん》のような柔らかな声。

幽霊さんは「じゃあ」とどんどん私に指示を出す。私は言われた通りにひとつずつ、こなしていく。袋からレターセットとメモを取り出す。ペンも一緒に抜き取った。ガードレールに腰かけ、スクールバッグをテーブル代わりにしてそこにレターセットを置く。

「まずは封筒にそこの住所書いて」

メモを指さし、そう言った幽霊さん。私はペンの頭をノックして、視線を封筒に移した。

前かがみになって、左手で押さえるメモを時折見ながら、住所を書き込んだ。そのまま言われた通り、切手も貼ると、ふたたび袋から便せんを一枚抜き取る。

書き終えて、正面に立つ幽霊さんを見上げると、彼は腕を組んで穏やかな眼差しで私を見下ろしていた。

銀色のピアスがきらりと太陽の光に反射して輝く。

「そしたら、その紙に俺が言ったこと書き込んでって」

私は、ペンをぎゅっと握り、書き始める準備をして、便せんに瞳を落とした。

「……〝もう、いいんですよ〟」

彼の言葉に思わず顔を上げる。

「え？」

「もういいんですよって書いて」

呆気《あっけ》に取られながらも、私は、慌ててうなずき、彼の言った通りの言葉を紙の上にのせる。スクールバッグが不意にへこんで、文字がよれそうになるのを慌てて食い止めた。

太陽が直接当たる場所でじっとしていると、じんわりと毛穴から汗がにじんで身体の外側が焼かれていくような感覚に陥《おちい》る。便せんから手を離そうとした時、ぺた、と便せんが手のひらに張りついた。

顔を上げて、幽霊さんを見上げると、彼はただじっと私を見つめていた。目が合うと、ゆっくりと息を吐き出す素振りを見せた彼は、私にしか届かない声をこぼす。

「〝幸せになってください〟」

彼と合わせた瞳を逸らすことができなかった。

それでも彼は至極穏やかに私の目を見つめながら言葉を紡いだ。

「……おしまい」

幽霊さんと一緒に親子を見た日を思い出す。ずっと、彼は複雑な表情を浮かべていた。苦しそうに紡がれた言葉たちの中には、未だに怒りや悲しみややるせなさが混じっていた。

今の幽霊さんにはそんな表情はない。だからといって、溜め込んだ感情が消えたわけではない。

まばたきを繰り返しながら、私は彼に問う。

「それだけ?」

幽霊さんの髪は風になびかない。彼の手はなにも触れられない。彼の声は私以外には届かない。彼の心臓はもう二度と動かない。彼は、もう、生き返らない。

それなのに、どうして。

幽霊さんの笑顔は決して崩れず、その瞳は絶対に私から逸れることはなかった。

イタズラっぽく私に挑発的な笑みを見せる。

「いい匂いのシャンプーを買ってくださいって、伝えたほうがいい?」

私は反射的に「そうじゃなくて」と幽霊さんの言葉を遮っていた。なんで、そんなふうに何事もなかったかのように笑えるの?

眉間にシワができる私の顔を、幽霊さんはあまりにも優しい瞳で見つめる。彼は、決意を固めたように唇の端に、力を入れて微笑んだ。

「……許せないと思ったから、許すことにしたんだ」

そうささやいた幽霊さんは、ふ、と力が抜けるように一度だけ私から視線を逸らした。

その笑顔には、寂しさが隠し切れていなかった。

きゅ、と喉の奥が苦しくなった。

太陽を小さな雲が覆い、音もなく、私も幽霊さんも周りも翳る。

幽霊さんが、アスファルトへと視線を落とした。笑みは浮かべたまま、そっと穏やかな声でつぶやく。

「恨みから生まれる感情に、優しい未来はないから。今の俺にできるのは、一歩でも前に進んで、ちがった角度から景色を見えるようにすることかなって」

幽霊さんが私から視線を逸らす。ずっと遠く、向こう側に見える景色のもっと奥を見据えている。

彼は、自分のいろんな感情をひっくるめて、なにもかも包み込んで、相手を許したかったのだ。

喧嘩や戦争で勝つことは難しい。相手を捻《ね》じ伏せて、意思を曲げさせて、自分の思うがままに人を操ることは容易ではない。

でもきっと、それ以上に〝許す〟という行為は難しい。

私は私自身を許すことさえ難しかった。ごめんね、と素直に謝ることも。自分の傷を抱えながらも、いいよ、と許すことは、思っているよりも難しいことだ。

幽霊さんは数ある選択肢の中から、〝許す〟ことを選んだのだ。

それは自分のためよりも、生きている人のためだったように思う。

どんなに思っても、幽霊さんが死んでしまったという事実は変わらない。なにが起きてもその事実は覆らない。その中で私は、幽霊さんを通して、いろんな人の人生を見ることになった。

私はなにも言えず、唇を固く結んでいた。たくさんの星を詰め込んだ幽霊さんの瞳が、ゆっくりと私の顔を見た。それから、絡まった糸を解くように微笑む。

「うそ。爪先三センチだけ、前にずらしただけ。でもそれで、むーの髪の匂いをただいい匂いだなって、なんのしがらみもなく思えるなら、もう、それでいい」

その瞳は輝きに満ちていた。力強く、優しさに包み込まれた瞳に映るのは紛れもなく私だった。

幽霊さんが手紙に託した思いを悟って、思わずうつむく。視線を落とした先には、私の文字。

〝もういいんですよ〟私は、この言葉を言えずにいる。

ぐっと、ペンを握る。

〝幸せになってください〟

精一杯、丁寧に、一文字ずつ黒い線を紙の上に歩かせた。

うつむいたまま、小さな声でつぶやく。

「……名前は、書かなくていいんですか？」

今のままじゃ、誰からの手紙なのかわからない。くすくすと、幽霊さんの噛み殺したような笑い声が上から降ってくる。その笑い声に引っ張られて顔を上げる。

幽霊さんは、イタズラっぽく笑うと首を小さく傾げた。

「書いてもいいよ？　幽霊さんって」

勝ち誇ったような口調。いつもと変わらない幽霊さん。でも、いつもよりずっと遠くに感じる。

私は、むっと眉間にシワを寄せた。そして、幽霊さんに有無を言わさずに差出人のところに、【倉谷】と綴った。

千春さんとの一件で幽霊さんの苗字は知ってしまっていたのだ。口に出してはいないのでセーフだろうと勝手に解釈し、幽霊さんにバレる前に手紙を折りたたんだ。

封筒に便せんを入れ、レターセットの中に入っていたシールで封をする。それを手に、ふたりで雲井駅に設置されているポストに向かう。

隣の彼は涼し気な顔で、夏の中を浮かぶように存在している。ぼんやりとそんな彼を眺める。

幽霊さんは夏の暑さを、人生の中でたった十九回しか味わわなかったのだ。

すぐに溶けてしまうかき氷も、花火も、海も、プールも。夏が来るたびにみんなが当たり前のように迎える風物詩《ふうぶつし》は、彼の中の記憶でしか味わうことのできないものになってしまった。

私にも、いつか、夏を迎えられない日が必ずやってくる。

私と出逢ったすべての人にその時は訪れる。

ポストにたどり着き、手紙を投函した。手紙が私の手を離れてポストに吸い込まれると、幽霊さんは神社でやるように、手を合わせた。その意図のすべては汲《く》めていないけれど、私も一緒に手を合わせた。

――どうか、幽霊さんの気持ちが、届きますように。

公衆電話へと戻る途中、幽霊さんが少しだけ躊躇いのある言葉をこぼした。

「むー、前に話してくれただろ。親に言われた言葉で、むーの中でなにかが空っぽになったって」

アスファルトの焦《こ》げた匂い。鼻から空気を吸い込むたびに、その匂いが肺の中に溜まる。私は、こちらに視線を向ける幽霊さんに対して、深くうなずいた。

ぽっかり。その空っぽに代用品はない。

空っぽになったそこ以外は確実に満たされているのだ。幽霊さんと出逢ってから確かに、少しずつ、満たされていった。

それなのに、あの日、空っぽになったその部分だけは、満たされない。

「……その空っぽになったなにか、って、むーはなんだかわかってるの？」

聞かれて私は初めて考えた。きちんと言葉にすれば明確になるのかもしれない。

『いい大学に行けば、高校なんて関係ない』

じゃあ、私はなんて言われたかったのか。あの時両親になんて言ってもらえれば、なにかは空っぽにならなかったのか。

私は瞳を彷徨わせたまま、黙り込む。幽霊さんは、そっと質問を続けた。

「むーはさ、なんでずっと勉強がんばってたの？」

それは、親にいい高校、いい大学、いいところに就職と言われていたからだ。

でも私はどうして親の言う通りに、勉強をずっとがんばっていたのだろう。そしてなぜ、がんばる意味がわからなくなってしまったのだろう。

奥深くまで、考えを巡らせたことはなかった。幽霊さんの問いかけを飲み込み、自分自身に問いかける。

答えはすぐに返ってこないどころかブーメランとして私に戻ってきた。

私は、私を知らなかった。

「親に、いいところにって言われて……」

ひとつずつ噛み砕くように声にして、難解なパズルを解くように、欠けた場所にぴたりとはまるピースを探す。

「むーはさ、勉強好きだった？」

幽霊さんは私の気持ちが整理しやすいように、言葉を投げかけてくれる。

私は首を横に振った。好きなんかじゃなかった。それを、両親は理解などしてくれていなかったけれど。そのことが、私の心をふたたび大きく引っかき回したのだ。

どうして、両親の言葉に、あれだけ気持ちを乱されたのだろう。

かぶりを振ったまま黙り込む私に、幽霊さんはそっと核心を突く。

「じゃあ、どうしてそれでも勉強をがんばってたの？」

どうしてか。

記憶の沼の中、勉強机に向かって必死で勉強をする私は今よりもずっと幼い。真剣な顔で、ひとり自分の部屋で勉強をしていた。難しい顔ばかりしている。眉間にシワを寄せて、何度も同じ解説を読んでは首を捻っている。全然、楽しそうなんかじゃない。

次に思い出すのは塾のテストで初めて三番以内に入れた時の記憶だ。家に帰って私は真っ先に両親にそのことを報告した。玄関で靴を脱ぎ捨てて、手も洗わずに、塾の鞄からその紙を取り出して、両親に見せたのだ。

ふたりはまるで自分のことのように喜んでくれた。たくさん褒めてくれて、たくさん頭を撫《な》でてくれた。

ふたりに褒められて笑う私は、魔法《まほう》がかかったみたいに幸せそうな顔をしていた。

——そうだ、これだ。

「褒めてくれたんです、両親が。私がいい成績を取れば、ふたりは一緒に喜んで、嬉しそうな顔をしてくれる……」

眩い思い出を、ずっと私は忘れてしまっていた。頭では失っていても、その喜びは身体に刷り込まれていたから、ひたすら勉強を続けていたのだ。

なにかが、空っぽ。なにか。その答えがもう少しで出そうだった。

幽霊さんの顔を見る。彼は私と目が合うと、夜空色の瞳に優しい色を深めた。彼の瞳を見つめたまま考える。

ずっと、両親に褒めてもらいたくて、認めてもらいたくて勉強をがんばっていた。

高校受験は、今まで一番がんばった。いい高校に行ったらきっと喜んでもらえる。がんばれば、がんばったら、きっと。

そう思って、それを糧《かて》にがんばり続けた。両親も私の側で応援してくれた。がんばってるね、と言葉をかけてくれた。

でも私は落ちた。結果はダメだった。それでも私は、がんばったのだ。これ以上ないほどに。

「……私は、できない私も受け入れてほしかった」

ピースが埋まるように、そうつぶやくと、思わず、涙が溢れていた。

あの日のあの瞬間、未来の話なんてしてほしくなかった。褒めてくれなくてもいい。でも、認めてほしかった。受け入れてほしかった。

がんばった自分を、できなかった自分を。

たったそれだけだったんだ。

ぽたぽた、と涙が瞳から溢れ出す。こんなに我慢の効かない涙なんて初めてで、私は戸惑ってしまう。

必死でこらえようと、唇を噛み締めて両手で乱暴に涙を拭う。

次から次へと目からこぼれ落ちる涙。言葉さえ、つっかえる。喉の奥に熱いものが込み上げてきて、声を出そうにもうまくいかない。

その時、涙でぼやけた視界に幽霊さんの手が視える。無意識に私に触れようとしたのだろうか。頬の涙を拭う私の手に、幽霊さんの大きな手がすり抜けた。

私が顔を上げると、幽霊さんはかすかに眉を下げ微笑んだ。視界は今もわずかに歪んだままだ。窓に雨が滴《したた》り落ちているようだ。

ぼやけた視界の先、幽霊さんが透ける指先で私の涙を拭おうとしてくれた。

「涙は、瞳を洗うためにあるんだよ」

その言葉に、涙はさらに私の瞳から大粒の滴《しずく》となって溢れ出した。嗚咽が漏れる。洟をすすりながら、私はしばらく泣き続けた。

泣いている間、幽霊さんはなにも言わずにずっと私の隣にいてくれた。

幽霊さんがこんなにも私のことを思ってくれていることを、私は知っているようで、なにも知らなかった。

思い切り泣いたせいか、心はずいぶん落ち着いた。泣いている時は苦しくてたまらなかったけれど、少しずつ、気持ちが穏やかになっていった。

ぴり、と乾いた涙が頬に張り付いている感覚を風で知る。

泣き疲れるとはまさにその通りで、身体はぐったりするし、頭の奥のほうが重たくて痛い。心はどちらかというと、放心状態に近い。

幽霊さんは私を見下ろし、穏やかな表情のまま私に最後の質問を口にした。

「むーの両親は、空っぽの正体を知ってるの?」

私は、瞳の縁に残った涙の欠片を指で拭う。それから、かぶりを振った。

お父さんも、お母さんも知らない。私自身でさえわかっていなかったのだから。

幽霊さんの何気ない声が柔らかく私の心を叩く。

「言わなきゃ伝わらない。聞かなきゃわかんない。それだけのことなのにね」

もうすぐ公衆電話にたどり着く。周りにはありふれた景色が広がっている。

涙で洗い終えた瞳に映る景色は、いつもより綺麗に見えた。

爪先を三センチだけ前にずらす。

「俺はむーの隣をずっと歩くことはできない。だからその分、俺はむーの背中を押すよ」

それが、幽霊さんと私の絶対に越えられない距離だ。

死んだ人と、生きている人。

幽霊さんの笑顔はいつもと変わらなかった。だけど、前よりも少しだけ寂しそうな笑顔に視える。それが三センチの差なのか。そんなのはきっとどうだって良かった。

その場で足踏みをしていたって世界は変わらない。

だからほんの少しだけ勇気を出して、爪先を三センチだけ前へずらして、ちがう視点で世界を見ようとすることが大切なのだと思った。

真っ直ぐ幽霊さんを見つめ返す。夕陽が、私の髪をじんわりと赤く染める。幽霊さんの光るピアスは、いつだって輝き続けている。

「むーが空っぽを埋めたくなったら、俺に会いに来て。その時に、契約の三つめを話すから」

私が前に進むたび、幽霊さんは消えていく。それが出逢った頃からの約束であるように。

消えてほしくなんてない。けれど、幽霊さんがそうであってほしいと願うなら私は、そんな彼に応えるしかない。

大きく息を吸い込んで、うなずいた。幽霊さんの夜空色の瞳にはいつだって星が輝いている。

あの日、ひとりぼっちで泣いていた私はもういなかった。

第11話　隣を歩けない代わりに

緊張を押し込めるように、ばたん、と下駄箱の扉を閉めた。そんな私に驚いた顔を向けるのは美奈と雪菜ちゃん。ふたりは、ぱちぱち、とまばたきを繰り返している。

「あ、ごめん」

うるさかったかな、とふたりに謝れば、ふたりは首を横に振った。美奈が少し怪訝な顔で私に言う。

「なんか今日は朝から安澄、変だよね」

靴を履き替えながら、雪菜ちゃんが美奈の言葉に続く。

「放課後になっても、変なままだもんね」

私は、ローファーを履きながら反省する。やっぱり今日の私は私らしくなかったんだ。昇降口の廊下には学年に関係なく生徒が行き交う。そこに、厳しい雰囲気を漂わせた三浦先生の姿を見かける。

「三浦先生！」

慌てて声をかけると、職員室へと向かっていたであろう先生が足を止める。そしてこちらを向くと、「片瀬、どうした」と歩み寄ってくる。

私は、小さく一歩、踏み出す。一歩ではないかな。爪先三センチ以上、一歩未満。

「夏休み、三浦先生が勧めてくれた大学のオープンキャンパスに行ってみようと思います」

そう言って笑うと、三浦先生は少し驚いた顔をする。それからすぐに嬉しそうにはにかむ。

「そうか。がんばれよ」

「はい。ありがとうございます」

ぺこっと頭を下げる。三浦先生は「気をつけて帰れよ」と私たち三人の名前を呼んで颯爽《さっそう》と職員室へと歩きだした。

私と三浦先生の会話を近くで聞いていたふたりは、三浦先生の姿が見えなくなると私にぐっと近づく。

「意外。安澄ちゃん、三浦先生のこと怖くて厳しいから苦手って感じだったのに」

驚いたような雪菜ちゃんの言葉に、私は小さく笑う。

「うん。でも、本当はすごく優しくて、生徒思いな先生だって気づいたから」

素直に言えば、美奈がいきなり私を抱きしめる。

夏だから、よりいっそう暑さが増すのに美奈は離れず、そのままずるずると引きずって外に出る。雪菜ちゃんは私にしがみついたままの美奈を軽く叩いている。

「やっぱり安澄、変わったよ」

ずっと思っていたことをつぶやくように、小さな声で美奈はそう言った。雪菜ちゃんも少ししてから小さく何度もうなずいた。

そう思ってくれることが嬉しかった。ひとりでは決して変わることはできなかったと思う。

こんなふうに当たり前に、美奈や雪菜ちゃんと高校生活を送ることができるのは、当たり前なんかじゃない。いろんな偶然が重なって、私たちの人生の選択が、この道を歩むことになって、それで今、ここにいる。

これから先もずっと三人でこうしていたい。でも高校は三年間しかない。もしかしたら、なにも考えずに三人で過ごせる夏は、今年と来年だけなのかもしれない。

「ふたりが友達になってくれたこと、本当に感謝してる」

いきなりの言葉に、ふたりはきょとんとした表情になる。自分で言っておきながら、恥ずかしくて顔に熱が溜まって火を噴きそうだ。

だけど、嬉しそうに笑う美奈と雪菜ちゃんを見ると、少しの間駆け巡った羞恥心《しゅうちしん》なんて吹き飛んでしまうのだ。

「……泣きそうなんだけど」

そう言って目に涙を浮かべている美奈。雪菜ちゃんも嬉しそうにはにかみながら、照れ隠しのように私の肩を小突く。

「嬉しいこと言ってくれるなあ。でも、いきなりどうしたの?」

校門へ向かいながら、私はふたりにほころぶ口元のままつぶやく。

「当たり前だと思ってても、ちゃんと言葉にしなくちゃなって」

いつでも言えるって思っているから、それがいつかになって、気づいたら伝えたい相手はどこにもなくなってしまっている。

だから、言えるうちに言わなくちゃ。

勇気や恥ずかしさは出してしまえば消えるけれど、言えなかった後悔はずっと心に残る。たとえ思いを伝えすぎたって、その思いが減ることはない。伝えられた相手の心にも残る。

別れ際、美奈が思い出したように私に告げた。

「そうだ。佳澄ちゃん、今日誕生日でしょ？　おめでとうって伝えておいて」

私も、と美奈に続く雪菜ちゃん。私はふたりに向かって大きくうなずいて笑った。

ふたりと別れて、雲井駅へと向かう。窓から見える景色は相変わらず緑が多い。景色として眺めていた家の一つひとつにも、たくさんの思い出が詰まっている。私が知らないだけで、この世にはいろんな人がそれぞれに思いを抱えて、生きているんだ。自分のことばかりを考えて周りのせいばかりにしていた時には、なにも見えていなかった。

私が思っているよりも世界は優しさに満ちていたのにな。

当たり前だと思っているものこそ、当たり前なんかじゃなかったのに。

それを気づかせてくれたのは、もう、この世にはいない幽霊さんだ。

雲井駅で降りる。あと何回、ここに来られるのだろう。真っ直ぐ交差点へ向かって歩く。

幽霊さんのことを忘れてしまったら、私は雲井駅にこうして訪れていたことも忘れてしまうのだろうか。こんなふうに変わることができた理由を、幽霊さんではない他のなにかに埋め込まれてしまうのだろうか。

そう思うと、前へ進める足を踏み留めてしまいそうになった。

幽霊さんの隣を、私はずっとは歩けない。それをきちんと飲み込んだはずだ。その上で私は今日、ここに来たんだ。

今、がんばらなかったら、私はがんばるチャンスなくしてしまう。

公衆電話が遠目に見える。そこに幽霊さんはいた。

思いふけったように、どこかを眺める横顔。その姿が確実に薄くなっていることに気づく。近づけば近づくほど、幽霊さんがこの間よりも透けていることがわかる。

ガードレールの花は枯れたきりだった。

ふたつめの、願いが叶ったのだ。手紙が届いて、幽霊さんの気持ちも届いた証拠だった。

気持ちがわずかに混乱する。嬉しさと悲しさの混同。悲しさを押し込めようとしたら、無意識のうちに眉間にシワが寄った。

幽霊さんが、ふっとこちらへ顔を向けた。私に気がつき、そして少しだけ呆れたように私の顔を見る。

「相変わらずむーっとしてんなあ」

幽霊さんが私の元にやってくる。歩くたびに、その身体は透けて遠くの景色を映す。こうやって彼は、まるで最初からいなかったかのように消えてしまうんだろうか。

幽霊さんは私が肩に掛けたスクールバッグを指さして、首を傾げた。

「むー、英語のノート今持ってる？　ほら、前、俺に突きつけたへっぽこな武器」

幽霊さんは猫のように目を細め、イタズラに口角を上げた。私は不服そうな表情を浮かべながらも、鞄を開けて、あの日から丸みを帯びてしまった英語のノートを取り出す。

幽霊さんはさらに私に近づき、一緒にノートを眺める。こんなに見られるなら、もっと丁寧に書けば良かった。ぺらぺらとめくっていると、あるページで幽霊さんが「ストップ」と声をかけた。

広げられたノートは見開き二ページ。ごちゃごちゃと書き記されている中で目に入ったのは【Nowhere】という文字。

幽霊さんはあの日もこれを見て「どこにも～ない」とつぶやいたのだ。そしてその後私に、どこにもない十三月について訊ねた。

幽霊さんの指が私のノートに近づく。

【Nowhere　〝どこにも～ない〟語源No+Where】という部分を指さした幽霊さん。細長い人差し指がNowhereの真ん中に置かれる。幽霊さんの指の左側にはNowの文字。右側にはhereの文字。

「どこにもないって思ってるものこそ、今（Now）、ここ（here）にあるんだよ」

「え？」

「どこにもない十三月だって、今ここにあるんだよ」

はっきりとそう言い切った低い声。

夜空色の瞳を見つめ返しても、答えはわからない。十三月がどこにあるのか。今、ここには、私と幽霊さんと、公衆電話しかない。七月の夏。

幽霊さんは未だに意味を突き詰められていない私を見下ろす。その瞳の奥、小さな星がかすかに震えた。それとは別に、幽霊さんはゆったりと風に声を乗せるように言葉を口にした。

「契約三つめ。俺が、どこにもない十三月をきみに、返すこと」

ひどく優しい笑みに、ほんのりとイタズラな気持ちがにじんでいる。私は彼の言葉を心の中で繰り返した。

どこにもない十三月を返すって、どういうことだ。

伏せていた瞳を持ち上げる。見上げた先に、かち合った幽霊さんの瞳。

挑発的な笑みはいつ見ても綺麗で悔しくなってしまう。ここで、聞いてしまったらきっと彼は愚問《ぐもん》だね、と舌を出して笑うのだろう。

今はまだ、幽霊さんの後ろを歩くことしかできないけれど、私が当たり前の裏側に気づいて、やっと幽霊さんの隣に並べたら、その瞬間に、私は幽霊さんに気持ちをぶつけてやる。

涙をこらえるには、気持ちを押し込むには、背筋を伸ばさないとならなかった。

私は決意を固めるように、目の前の幽霊さんをじっと見つめる。

「私、ちゃんと〝どこにもない十三月〟を受け取りますから。それまで絶対に待っていてくださいね」

私の言葉に、幽霊さんは満足そうに瞳を細めて微笑んだ。

幽霊さんが拳を作って、私に近づける。私も幽霊さんの真似をして、拳を作る。そして、幽霊さんの拳に、自分の拳をぶつけた。もちろん触れることなんてできない。

これは、いつかと同じおまじない。

そのまま、幽霊さんは拳をそっと広げた。五本の指が花びらのように開く。大きな手のひらが、拳を作ったままの私の手を、ふわりと包み込む。

「今は背中を押すよ。むーが迷子にならないように、ずっとここで待ってる」

幽霊さんの笑みも、花が咲くようだった。


佳澄が帰ってきたのは、午後八時半過ぎだった。部活があるといつもこの時間だ。ばたん、と隣の部屋の扉が閉まる音がすると私は立ち上がって、佳澄の部屋へと向かった。廊下に出ると、かすかな匂いが鼻をくすぐる。

扉を二回、ノックして声をかける。

「佳澄、ちゃんと話そう」

物音が聞こえない。返事もない。私は、深呼吸をしてから、扉越しの佳澄にもう一度伝える。

「佳澄、みんなですき焼き食べよう」

今日は佳澄の誕生日だ。私は二年前のあの日からすき焼きを食べていない。それでも母は、お祝いごとの日は必ず夕飯にはすき焼きを作り続けた。それを三人で食べている時、佳澄は、父は、母は、どんな気持ちだったのだろう。今まで、そんなことを考えもしなかった。

佳澄が私にすき焼きの話を持ち出した時も、私は自分のことばかりでそんな気持ちを切り捨ててしまったのだ。

だから、今度は、私ががんばる番だ。

もう一度、声をかけようと口を開いた時、ガチャリと静かに佳澄は扉を開けた。苦しそうな顔のまま、私を見る。

力強い私に、少し驚いた顔をした。すると佳澄は逡巡《しゅんじゅん》するように、わずかに瞳を彷徨わせ、それから、小さくうなずいた。

ふたりで、階段を下りる。その香りは、近づけば近づくほど強くなる。

懐かしい匂い。嬉しい匂い。悲しい匂い。たったひとつの匂いで、こんなにも感情が揺れ動く。それはきっと、この家庭で育って、いろんな記憶と共に、この匂いが寄り添ってきたからだ。

リビングに入ると、四人掛けのテーブルに父が座っていた。母は、奥のキッチンでばたばたと動き回っている。

四人掛けのテーブルには、四人分の箸《はし》や器がきちんと並べられていた。いつも、こうだったのだろうな。私は、二年分の思いを忘れないように、自分の席に着いた。

佳澄も、私の隣の席に座る。両親は、ほんの一瞬だけ、驚いた顔をしたが、すぐに何食わぬ顔でそれぞれの席に着いた。

テーブルの真ん中には、すき焼き。

白滝が大好きな私のために、白滝は多め。佳澄が苦手な白菜は少なめ。母の好きな焼き豆腐は多め。父の好きな長ネギも多め。それが我が家のすき焼きの当たり前。母が当たり前にしてくれる優しさだった。

こんなことも、忘れてしまっていた。

今日、家に帰ってからもう一度、ひとつずつ、当たり前になってしまっていたものを探した。

玄関で、くたびれた父の革靴を見た。父が一生懸命、家族を養うために毎日履いている革靴の靴底は、すり減って曲がっていた。

父の隣に並ぶ、母の靴。いつまでも同じ靴を履き続けている。私はすぐに靴を買い替える。色が褪《あ》せたとか、もう流行りじゃないとかそんな理由で。母は、そんな私になにも言わなかった。いつだって自分のことよりも、私たちのためだった。

佳澄は今でこそちがうが、昔はすべてが私のお下がりだった。服も靴も、おもちゃもなにもかも。泣いてワガママを言うこともあったけれど、そのたびに佳澄は我慢して、私のお下がりを身に纏ってていたのだ。

探せば、そこら中に当たり前の裏側は転がっていた。

毎日、綺麗に掃除された家の中も、持っていかなかったお弁当も、シワひとつない制服のYシャツも、適温のお風呂だって、母が毎日、家事としてこなしてくれていることだった。父がなに不自由なく私たちが生活できるように、働いてくれるからだった。

親だから、やってくれて当たり前。そう思っていた。

でも、それはちがう。だから、その思いを伝えるためにも、ちゃんと向き合わないと。

ギスギスとした空気の中、母が「いただきます」と手を合わせた。それに続いて、父も私も佳澄も、声にならない声で「いただきます」とつぶやいて、重たい食事が始まる。このままでは、佳澄の誕生日を祝う雰囲気ではない。

隣の佳澄をチラリと見ると、手を膝の上に置いたまま、うつむいていた。その姿は二年前の私と重なった。今どうにかしなくちゃ、佳澄が私と同じことの繰り返しになると、そう、思った。

母もそんな佳澄に気づき、何食わぬ顔を心がけた表情でつぶやく。

「……こうして四人ですき焼きを食べるの、ちょっと久しぶりね」

全然、ちょっとなんかじゃないのに。母はわざとその言葉を選んだのだ。母に似て不器用な私は、今さらながらに母の寂しさに触れた。

『言わなきゃ伝わらない。聞かなきゃわかんない。そんだけのことなのにね』

幽霊さんの声が再生される。私は、ゆっくりと口を開いた。

「お父さん、お母さん、聞いて」

　箸を置き、真っ直ぐと目の前の両親の顔を見た。ふたりがじっと私を見つめ返す。こんなふうにきちんと正面から両親の顔を見て話すのは久しぶりで、でもきっと初めてに近かった。

　すっと息を吸い込み、心の声をそのまま口にする。

「私は、あの日、高校に落ちた時……次の大学受験の話なんかじゃなくて、あの時の私を、お父さんにも、お母さんにも、認めてほしかった。受け入れてほしかった」

　声に涙が混じる。気が抜けたように、私の涙はとめどなく流れ出る。うつむくその前に、正面のふたりが、じっと私を見つめていることがわかった。

「言わなくても家族だからわかってもらえると思って、ずっと甘えてた。どうして自分の気持ちに気づいてくれないんだろうって怒ってた。家族でも、ちゃんと言葉にして言わなきゃわかんないのに、ずっとそのことを、私は、忘れてた」

　透明な涙が、視界を覆う。　無意識に拭おうとしていた手を、止めた。　幽霊さんの言葉を思い出したからだ。

　そうだ。　私の瞳は今、涙で洗われているんだもんな。

　幽霊さんのことを思い出したら、少しだけ冷静になれた自分がいた。　漏れる嗚咽をぐっと飲み込んで、空っぽの中に入った私をすくい上げる。

「今まで勉強をがんばってたのは、そうすればお父さんとお母さんが嬉しそうな顔をしてくれるからだよ。だから私は、好きでもない勉強をずっとがんばってた」

佳澄の小さな泣き声が隣から聞こえた。私につられてよく泣くところは今も変わっていないんだな。佳澄はいつまで経っても私の妹だったんだ。

出来がいい、悪いなんて周りの評価に振り回されて、勝手に佳澄から距離を取っていた。

うつむいた先に、スリッパを履いた私の足先が見えた。それから、夜空色の瞳を思い出す。星の輝きが浮かぶ。彼はいつだって、私の瞳を見て、言葉をくれた。

私は、スリッパの爪先を、三センチ、いや、一歩、前にずらす。

まばたきをしたら、瞳の汚れを取ってくれた涙がこぼれ落ちた。視界がクリアになる。まだ少し涙は残るけれど、今ならもう、大丈夫だ。

顔を上げて、父と母の顔を見る。私の予想に反して、ふたりはじんわりと瞳を濡らしていた。その涙につられて泣いてしまう前に、私は言う。

「私は、お父さんが働いて家族を養ってくれること、お母さんが家族を支えてくれることが当たり前になってた。ぜんぜん、当たり前なんかじゃないのに……っ」

これから先、お祝いごとのすき焼きを四人で囲めるのがずっと続くなんて保障はどこにもない。いつ、この当たり前がなくなってしまうのかなんてわからない。

本当に、どこにもないと気づいてからじゃ、もう遅い。

私は、泣きながら、笑った。両親がくれた魔法の名前。

あずみのみーはニコニコのみー。かすみのみーもニコニコのみー。それを笑って教えてくれたのは両親だ。

せっかくのすき焼きは、満点の笑顔で食べたい。

「お父さん、お母さん、いつもありがとう。私は、少しずつでも自分の足で歩けるようにがんばるから。大学はいいところよりも、私が行きたいと思うところに進めるように、これからはがんばりたい。だから、そんな私を応援してほしい」

冷房の風が、私の涙を乾かす。隣でずっと鼻をすすって泣いている佳澄。母は、私の言葉を聞くとゆっくりと椅子を引いて立ち上がった。それから箱のティッシュを持ってくる。

テーブルの上に置かれたティッシュで涙を、それぞれ四人が拭く。なんだかおかしな景色だ。

母は、真っ赤になった目元をそのままに口を開く。

「安澄、ごめんね。お母さんたち、知らず知らずのうちに安澄に重いプレッシャーをかけちゃってたんだね……。お母さんとお父さんはふたりとも、安澄が本当に勉強が好きだと思ってたの。だから、高校に落ちて、誰よりも落ち込んでるのは安澄自身だと思ってた」

母は、ティッシュを箱から一枚、しゅっと抜き取る。かしこまるように、唇を一度閉じてそれからまた、静かに話しだす。

「安澄が自信をなくしてしまったんじゃないかって思い込んで、だからいい大学に進めば安澄の自信が戻るんじゃないかって。お母さん、勝手にそう思って、もっと追い込んじゃったんだよね」

初めて知る母の気持ちが私の耳に滑り込んでくる。高校に落ちたことを、ずっと心配していたのだ。

すれ違っていた。お互いに言葉にしないから。だけど、母はどんな時だって、私のためを思っていたのだ。そこが私とはちがっていた。

母がとたんに、冗談っぽく笑う。

「お母さんね、安澄と佳澄の制服のYシャツは、時間をかけて綺麗にアイロンがけするの。でもお父さんのはいっつも手抜き」

イタズラっぽく赤くなった目元を緩めて微笑むと、父は驚いたように母を見る。自分が手抜きされているなんて思いもしなかったのだろう。

母は、そんな父を無視して、私と佳澄を見つめる。

「お父さんとはもう何度もこりごりと思ったことあるわ。子育てはぜーんぶ私まかせ。

だから時々、たまらなく嫌になって〝たられば〟って考えちゃうのよ。でもね、安澄と佳澄がいるからお母さんはがんばれるの」

母は声をかすかに震わせながら、それでも懸命に笑顔を浮べている。いつだって、なにがあったって、母は、母のままだった。私たちを一番に考えてくれる母だった。

そんな母の本当の言葉を、今初めて聞いた。

温かい涙が静かにこぼれ落ちる。頬に伝う滴がくすぐったくて、私は指先で小さく弾いた。

唇の上にティッシュをぎゅっと押しつけた父は、小さく咳払《せきばら》いをする。鼻先を真っ赤にした父が、への字に曲がった唇を開く。

「世の中は甘くない。最後に信用できるのは、自分だ。学歴も、資格も、裏切らない。父さんはふたりよりも長く生きている分、いろんな物事を見てる。子供に、苦しい道を歩んでほしくないと思うのは、親の性《さが》だ」

父の眉間に寄るシワに既視感。ああ、鏡でよく見る私のものと同じだ。むーっとした顔は父親譲りなんだ。この顔が嫌だなあと何度も思ったけれど、父似だとわかると仕方ないかなんて思えた。

「普通に生きていたら父さんや母さんは、安澄や佳澄よりも早く死ぬ。だから親が子供に残してやれるのは、学《がく》だけなんだ」

三浦先生の言葉を思い出す。大人になったら自己責任。口うるさく守ってくれる存在はいなくなってしまうんだと。父はまさにその言葉通りだった。必死で、私たちを口うるさくいろんなものから守ろうとしてくれていたのだ。

「残した金はなくなるが、頭に入った知識は消えない。親は自分が死んだ後も、子供が幸せな人生を歩めるようにすることぐらいしか、できないんだ」

父が、切ない笑顔を浮べる。子供はいつか巣立つし、親は子供よりも早く人生の旅を終えることのほうが多い。

一緒にいられる時間は永遠のように感じるけれど、必ず終わりの日はやってくる。それを、わかっているのに、知らないふりをしてしまう。

「父さんも母さんも、どうしても我が子には良い人生を歩んでもらいたいと思うばかりに、お前たちに勉強を強要してしまった。大切だからこそ、その思いが裏目に出て、お前たちのことを苦しめてしまったんだな。悪かった、安澄、佳澄」

そう言って顔を崩す父。私が一歩、前へ進んだと思ったら、両親はもっと先にいる。だけど、もうこれからは真っ白な上に、自分で足跡を付けて歩いていくのだ。

ずっと泣いていた佳澄が、肩で呼吸をした。私は、佳澄にティッシュを渡す。二、三枚、箱から引き抜くと佳澄はテーブルから顔を逸らす。そして、私たちに背を向けて、盛大に鼻をかみ勢いよく振り返った瞳は、涙の欠片できらきらと輝いていた。

「私はね、バレーでプロになろうとか、怪我をしたらその先はどうなるとか、そんなこと今はどうでもいいの。今ね、私の中ではバレーがすべてなの。今一生懸命やらなかったら、絶対一生後悔する。だから、お父さんにもお母さんにも、応援してほしいの」

力強い声がきちんと届く。くたびれたようになっているのはすき焼きだけだ。ずっと、食べられるのを待っているのだから仕方ない。

佳澄が真っ赤になった顔で私へと顔を向けた。目が合うと、佳澄が目を細めて明るい笑みを浮かべる。

「勉強はね、これからはお姉ちゃんに教えてもらうから、心配いらない」

そう言った佳澄に、私もうなずいて、笑った。

四人ですき焼きをつつく。

「不思議ね。今までで一番おいしい」

母が冗談のように赤くなった目尻を下げて笑う。

「おいしい」と私も佳澄も父も口を揃えて続けた。この味を、これから先もずっと覚えていたいな。そう思った。

私は途中で思い出して、佳澄の誕生日プレゼントを自分の部屋から持ってきた。両親も佳澄にプレゼントを渡す。嬉しそうに開封する佳澄。すき焼きの後は、もちろん誕生日ケーキだ。ありきたりで、当たり前の誕生日会。
幽霊さんの言うとおりだった。
どこにもないと思っていた幸せこそ、今ここに、あった。

第12話　さよならだから笑って

夢を見た。久しぶりに、懐かしい色をした夢だった。確か、幽霊さんと最初に会った時にも見た夢だ。

夢の中の私は、やはり小さい。そして、誰かに一生懸命伝えるのだ。私の名前の魔法を。そこまでして、私はその誰かを笑顔にしたかった。

夢は、そこで途絶えてしまう

目を覚ますと、明け方だった。

ラフな格好に着替えて身支度をする。まだ、家族は寝静まっている。始発の時間を調べてスマホだけを手に、家を出た。

外に出ると、夜の匂いのほうが強い。でもその中に、朝の匂いが混じっている。空気は昼間よりもずっと涼しい。日中で熱くなった場所を、夜が時間をかけてゆっくりと冷ましたからだ。毎日はそうやって出来上がっていた。

駅へと続く道をひとりで歩き続ける。私の足音だけが、夜と朝の狭間《はざま》で特別な音を鳴らした。誰もいない。電車に乗っても、降りても、私の周りには誰もいなかった。

雲井駅の改札を抜けると、静かな町に私の足音だけが聞こえる。

契約の三つめ。どこにもない十三月を、幽霊さんから受け取ってしまったら、彼は、本当にいなくなってしまうんだろうか。そんなこと、考えなくてもわかっていた。

どこにもない――それは、当たり前の裏側だった。

当たり前のことが、本当に当たり前になってしまった時、それはどこにもなくなってしまう。そうやって、なにも見えなくなってしまう。

当たり前はいつだって、今ここに、あるというのに。

幽霊さんと出逢って、私はそのことにようやく気づくことができた。生の裏に、必ず死がある。死があるから、生きることに必死になれる。

究極的に、私が生きていることは、当たり前なんかじゃないと、死んでしまった幽霊さんが教えてくれたのだ。

公衆電話の蛍光灯は切れかけのまま、それでもチカチカと光っている。

太陽はまだ、私たちには当たらない。月の夜が水色の空に薄く透けていた。

そして公衆電話の前にいた幽霊さんも、月のようだった。

昨日会った時よりも、もっともっと透けていた。彼の身体を縁取るものが、少しだけ白く光って見える。

もう、お別れなんだと、彼を視ただけで察するほかなかった。

幽霊さんが、私に気がついた。まばたきを数回繰り返してから、私に微笑む。

私はぐっと足を一歩前に出し、幽霊さんの目の前で立ち止まる。逃げないように、力を込めて彼の瞳を見つめると、彼は気の抜けたような笑みを浮かべる。

「昨日はいっぱい、瞳を洗ったみたいだな」

幽霊さんの透けた指先がそっと私の顔に近づく。夜空色の瞳に私が映る。星の輝きが詰め込まれたその瞳が、優しく伏せられた。

「むー、よくがんばったな」

少しだけ不器用な低い声。ありったけの優しさを込めて、幽霊さんはそうささやいた。

——ああ、好きだな。離れたくないな。ずっと、一緒にいたいな。

仕方ないとか、無理だとか、そんなことは頭から抜け落ちていた。ただ純粋に、幽霊さんへの思いだけが身体中を駆け巡っていた。

大切な人にはちゃんと言葉にしなくちゃ。そう教えてくれた目の前の彼に、私はまだ言えていないことがある。

喉の右側がぐっと痛くなる。得体の知れない熱いものが込み上げてきて、こらえるように唇をきつく結んだ。

言わなきゃいけない。それなのに、この思いを伝えてしまったら、幽霊さんがいなくなってしまうんじゃないか。そう思うと、声が出ない。

そんな私を見下ろす幽霊さん。私の顔に近づいた指が、撫でるようにそっと私の輪郭に添えられた。温もりも、感触もない。それなのに、たまらなく優しい手。

「俺、むーにずっと会いたかったんだ」

少しだけ不自然に掠れた声。そのわずかな機微《きび》にも反応してしまう。

——消えないで。行かないで。

ただそう思って反射的に顔を上げると、口角を上げる幽霊さんと目が合う。夜空色の瞳にはまだ、私が映っている。そのことにひどく安心している自分がいる。

彼の瞳に浮かぶ星がきらきらと私に降り注ぐ。

「十三月に会いに行くって、むーとした約束を、俺は今果たしてるんだよ」

幽霊さんの言葉が飲み込めずに彼を見つめたまま固まってしまう。

「……なにそれ、全然わかんないです」

無理やり笑顔を作る。そうでもしないと泣いてしまいそうだ。幽霊さんは「うん」と返事をすると、私に構わず笑顔を浮かべ続ける。

朝が来る。幽霊さんが月の光と同じように透けていく。

私は、とうとう涙をこぼしてしまった。頬に伝う私の涙を幽霊さんの指が拭おうとする。涙はそんな幽霊さんの指をすり抜けて顎のほうへと流れていく。

次から、次へと、涙がこぼれ落ちる。その度に、一粒ずつ、不器用に、丁寧に、幽霊さんは拭おうとするのだ。

私はそれがあまりにも切なくて、悲しくて。

その健気《けなげ》な彼の優しさに胸が恋い焦がれて。

涙をこぼしながら、笑う。情けないくらい下手くそな笑顔で。

「幽霊さんだから、私の涙には触れないじゃん」

言葉にすると、もっと、苦しくなる。お別れを、言わなくちゃ。お礼を言わなくちゃ。好きだと、伝えなくちゃ。

幽霊さんは、私につられるように眉を下げて微笑んだ。それから、少しだけ躊躇う。

だけど、困ったような優しい笑顔を浮かべて言うのだ。

「好きな子の涙は、自分で拭ってやりたいじゃん」

私の口調を真似するように落とされた言葉。

私は、目を見張って彼を見つめる。夜空色の瞳が少しだけ照れたように逸らされた。

それからなにもかも吹っ切れたように、挑発的な笑みに切り替わる。正義なんてクソくらえと笑う悪役のようだ。

「安澄」

幽霊さんは、そう、はっきりと、私の名前を呼んだ。

私は、反射的に目を見開いて、幽霊さんを見つめていた。私の瞳の先に映るのは、自信満々に鼻を鳴らして微笑む幽霊さん。

私は、名前を呼ばれたことで涙が引っ込んでいた。

真っ白になる頭にぼんやりと浮かんだのは、幽霊さんがいつの日かに教えてくれた契約のことだった。

「どうして、名前……だって」

大きく目を見開く私の顔が面白いのか、幽霊さんは目尻にシワを作ってけらけら笑う。

幽霊さんの声が少しだけ遠くに聞こえる。私は、無意識のうちに雑音をすべて切り捨てて、必死で幽霊さんの声だけをかき集めた。

幽霊さんは私をじっと見つめ、微笑んだまま、躊躇いもなく声を私に届ける。

「俺の名前は倉谷千歳《ちとせ》です。好きな食べ物は焼き魚で、大根おろしは必須。初恋は幼稚園でめっちゃかわいい子だったんだけど、実は男だったことが判明して三日寝込みました」

「え？　待って――」

いきなり始まった幽霊さんの自己紹介に私は頭が追いつかず、固まってしまう。

そんな私を見下ろしながら、おかしそうに笑みを深めた幽霊さん。彼はすぐに口を開いて、私を置いてきぼりにしてふたたび話しだす。

「最後に好きになった子が本当になかなかのやつでさ。いっつも眉間にシワ寄せてむーっとしてるし、弱虫かと思えばとんだ負けず嫌いだし、前に進んだかと思えばすぐ後ろに戻ったり、その場で立ち止まっては自分の殻に閉じこもるし」

幽霊さんの手は、もうすでに色を失って、まばゆい光に溶けたように透けている。

私の頬を包み込む手はまるで、光の塊《かたまり》のようだった。

「不器用に必死で生きてる彼女を見てたらさ、俺も負けてられないなって。そうやって、いつの間にか、精一杯生きようとする安澄に、俺はたまらなく惹かれてた」

幽霊さんの言葉を飲み込むうちに、私の心が温かいもので溢れていく。いつも通りの優しい声。でも、初めて聞く幽霊さんの私への思い。

大きな瞳が、ほんの少しだけ恥ずかしそうに私を見つめる。

私はやっと現状を理解して、むっとした顔で彼に言う。その顔はいわゆる照れ隠しだった。

「契約はいいんですか？　千歳さん」

好きな人の名前を呼べることが嬉しくて、恥ずかしくなって、私は幽霊さんの胸をばしっと叩いた。

「痛て」

と、幽霊さんがふざけたように笑ってつぶやく。それから、目を見張って固まる私と、同じような顔で、自分の身体を見てから、そっと顔を上げて私を見つめた。

私は、幽霊さんの胸をこの手で叩いたのだ。

先に我に返った幽霊さんは自分の手で、私に叩かれた胸や、頭、それから頬をつねった。痛い、とつぶやいてから、彼は泣きそうな顔で笑う。

「……好きな女の子に名前を呼ばれたからかな」

幽霊さんは目尻を下げて微笑むと、私に向かって両手を広げた。その胸の中になんの迷いもなく飛び込めることが、たまらなく奇跡のように感じられた。

私は泣き笑いをしながら幽霊さんに近づき、私を抱きしめようとする彼の頬を思いっきりつねった。

「痛い！　安澄痛いって」

私に頬をつねられながらも嬉しそうに笑う幽霊さん。私も一緒に笑いながら、溢れ出した気持ちをこらえ切れなくなり、その胸に飛び込んだ。

ぎゅう、と力一杯幽霊さんを抱きしめる。少しだけ遅れて、幽霊さんの腕が私の背中に回った。

最初は少しだけ緊張したように優しく、それから、お互いの存在を確かめ合うように強く、そうして好きの気持ちを身体いっぱいに込めて、一番強く、抱きしめ合った。

幽霊さんが離れてしまわないようにきつくきつく抱きしめる。そんな私を、包み込むように優しく抱きしめる幽霊さん。

初めて触れたのに、その温もりは懐かしいと感じるくらいに優しくて、大好きだった。

「安澄って俺のこと大好きだよな」

急にそんなことを言われて、私は幽霊さんの胸にぐりぐりと頭を押しつける。そんな私の後頭部に幽霊さんが、笑いながら唇を押し当ててくる。その隙に髪の匂いを嗅がれていたことを、ちゃんと私は知っている。

「千歳さんこそ、私のこと好きすぎですよね」

そっと顔を上げて、幽霊さんの顔を見上げる。ふわりと吹く風に幽霊さんの茶色い髪が揺れる、たったそれだけのことにたまらなく泣きそうになってしまう。

私の前髪をそっと払いながら、幽霊さんは私を見下ろし、猫のような瞳を細めて微笑んだ。

「うん、そうだよ。契約を破ったって、好きな子の名前は呼びたいもんなんだよ」

そう言ってイタズラっぽく笑うと、べっと幽霊さんは舌を出した。私も、それにつられて彼に笑い返す。

やっぱり幽霊さんは猫みたいだ。気まぐれで陽気で飄々としていて、私のことなんて、笑いながら温かい場所へ連れていってくれる。

涙は止まっていた。もう体内に容量が残っていないのかもしれない。

幽霊さんが、こんなにも真っ直ぐに言葉をくれたのなら。私もきちんと、彼に思いをすべて伝えなければ。

大きく息を吸い込む。幽霊さんをしっかりと感じながら、言葉を紡ぐ。

「私は千歳さんが幽霊でも、会えてよかった。心からそう思ってます」

彼が「俺もだよ」とささやく。

なにが合図だったのかはわからない。でも、もうすぐなのだと察した。

彼の輪郭がおぼろげになっていく。

陽がのぼる。月がもう、消える。太陽の光に吸収されるように、周りの空気に染み込んでいくように、うっすらと、けれど確実に姿を消していく千歳さん。

言わなくちゃ、伝えなくちゃ、彼には本当に今この瞬間にしか言えないのだから。

「幽霊さん、ありがとう……ありがとう、千歳さん」

幽霊さんが私から離れる。彼は、穏やかな笑顔を浮かべていた。けれど、くしゃり、とわずかに顔を歪めて。それから躊躇いをはじき出すように、ありったけの笑顔を浮かべると、至極、穏やかな声をこぼした。

「……もうすぐさよならの時間だね」

幽霊さんの背中に回していた手は、彼の身体をすり抜ける。

私を見つめる幽霊さんの身体から、光の粒がふわりふわりと空に舞い上がり始める。

ああ、行ってしまう。本当に、お別れだ。思わず顔が歪みそうになる。

光の粒はまるで蛍《ほたる》のようだった。星のようでもあった。そのどちらも日の当たる場所では見えないはずだけど、今、私の目の前にはそれがちゃんと視えた。

「……安澄、俺に言い残したことはある?」

幽霊さんがそう言う間にも光の粒は量を増やして、幽霊さんをこの世ではないどこかに連れていく。

光はゆらゆらと青空へと浮遊《ふゆう》していくうちに、小さくなっていき、溶けるように消えてしまう。あの一つひとつが、幽霊さんなのだと思うと、私はその光の粒を笑顔で見つめられた。

言い残したこと。きっと、言いたいことを話しだしたらきりがない。なによりもきっとすぐに泣いてしまう。

「……どこにもない十三月、受け取ってない」

だから、私たちが笑顔で最後を迎えられるように何気ない会話を。

私の言葉に、幽霊さんは「あっ」と忘れていたような声を漏らす。それから、気が抜けたように声を出して笑い始めた。どんどん小さくなっていくその声を必死で聞きながら、私も一緒に笑う。

「えー、最後にそれ？　まあ、それは奇跡を待ってみようか」

幽霊さんの声が私の耳の鼓膜を優しく叩く。

私は泣きそうな気持ちを飲み込んで、笑った。

何気なく彼が口にした奇跡が起こる日なんてくるのだろうか。

ふわっと、彼の身体が光りを宿す。

「じゃあ俺からもひと言」

彼はささやき、そっと私から爪先三センチ、離れた。慌てて彼に手を伸ばしていた。そして、すり抜けてしまう自身の手を見た時、視界の隅に視えた彼の足はもう消えていた。

それでも私はぐっと口角を上げて笑顔を浮かべ、目の前の彼を見つめた。

私の顔を見つめ返す、その顔もやっぱり笑顔だった。


「安澄、俺に十三月をくれてありがとう」


その言葉が、きっと、合図だった。

彼の声が掠れていく。どちらからともなく顔を寄せ合った。ふわり、と彼の額が私の額に限りなく近づけられる。もう初めて会った時みたいに、彼の記憶が流れ込んでくることはない。

光がどんどん眩くなって真っ直ぐに彼を見つめることができなくなる。それでも、できるだけ、最後まで彼の笑顔を見つめていたくて、私は瞳を細めて大好きな彼を見つめ続けた。

「安澄のみーは？」

彼がそう言う。

私は、震える人差し指を頬に当てる。上手な笑顔なんてできない。でも、最後に好きな人に見てもらう笑顔くらい、なによりもかわいくありたい。

「ニコニコのみー」

精一杯笑って、そう言った。

彼はそんな私を見て、笑顔を浮かべながら、泣いていた。

星の輝きを詰め込んだような夜空の中に、小さな湖ができていた。

眩しさに目を細める、その刹那、まばたきをした彼の瞳の縁から綺麗な滴が見えた。

光が強くなり、ついに、ぎゅ、と目を閉じる。まぶたの裏側でもわかるほど、一瞬だけ温かい光がその場を照らした。

その光に包み込まれる中、私は脳裏に浮かぶ彼に向かって、

「幽霊さん、好きです……千歳さん」

そうつぶやいて、目を開けた先にはもう、誰も、いなかった。

なにも見えなかった。

ただ、私の頬に、熱い滴が一粒だけ、優しく流れた。

第13話　契約破りの奇跡

今年の夏休みは慌ただしかった。

オープンキャンパスや、夏期講習、美奈や雪菜ちゃんとの予定、家族での旅行。今日も佳澄のバレーボールの試合の応援だった。

夜、家に帰ったとたん、リビングのソファーに倒れ込んだ。真夏の体育館はまさにサウナだ。熱気と歓声がなおさら温度を上げる。

夢中で応援していた分、家に帰ってくるとどっと疲れが身体に表れる。

「安澄、最近眠れてないの？」

母が玄関の掃除をしながら、こちらに顔を覗かせた。ソファーからゆっくりと身体を起こし、首を傾げた。思わず眉間にシワが寄る。

「寝不足っていうか、夢見るんだよね」

私の言葉に、母も一緒になって首を傾げた。そのまま母は、玄関へと姿を消す。誰もいなくなった開けっ放しの扉を見つめて、冷房が抜けていってしまう、もったいないと思いながらも、身体が動かない。

ある日を境に、私は毎日、夢を見るようになった。確実な日にちはわからないけれど七月の下旬、もうすぐ夏休みだという時期からだった。

夢は決まっていつも同じだ。幼い頃の私が笑っている。雲の上のようにふわふわとしていて場所がどこなのかわからない。そもそも思い出そうとすると、それは形を崩してしまうのだ。

それでも確実に言えるのは、私と、男の子と、それから男の子の後ろには必ず公衆電話があること。古びていて、蛍光灯がチカチカしている。

私は変わらずのままなのに、男の子はいつの間にか男の人になっている。その誰かが笑顔で私に言うのだ。

『安澄、俺に――』

そこでいつも目が覚めてしまう。

この声が時々、不意に現れては雲のように消えていくのだ。夢の中でも、日常の中でも、ふとした瞬間にふわりと蘇る。

考えれば考えるほど、答えは霧の中だ。ため息をこぼして気を紛らわせるように、ポケットからスマホを取り出す。

すると、美奈と雪菜ちゃんと私のグループメッセージが動いていた。私はソファーに倒れ込んだまま、画面を操作する。

【テレビで心霊番組やってるんだけど、見てる？】

美奈のメッセージに、雪菜ちゃんが【ＮＯ！】と首を振るウサギのスタンプで返している。私はテーブルの上にあったリモコンを手に取り、テレビをつける。チャンネルを何度か変えているうちに、その番組になる。

ぼんやりと番組を観ながら、ふたりと画面越しにやり取りをする。美奈は怖い番組のリアクションをいちいち送ってくる。雪菜ちゃんが怒ったスタンプを連打する。私は笑いながら適当にスタンプを返す。

【肝試《きもだめ》し行きたいね！　どっか心霊スポットとか知らないの？】

番組のせいで気持ちが高ぶっているのか、美奈からそんなメッセージが届く。

肝試しかあ、と思いながらも頭の片隅には夢の欠片。雪菜ちゃんは拒絶スタンプを送るとメッセージも飛ばしてきた。

【そういえば、こないだ中学のときの友達が、肝試しで雲井駅の公衆電話に行ったんだって。でも、あの公衆電話、撤去《てっきょ》されるみたいだよ】

美奈がそんなメッセージの後に、すぐさま悔しそうな意味不明な物体のスタンプを送る。

私は公衆電話がなくなるという事実に驚いて、それから傷ついていた。それがどうしてなのかはわからないけれど、確実にその事実が私の胸を締めつけた。

【今どき、公衆電話なんて必要ないもんねえ】

それに続くのは雪菜ちゃん。

【もう黄色いテープでぐるぐる巻きにされてたって】

私の瞳は、ただただ雲井駅の公衆電話という文字を追いかけていた。何度も何度も。

【安澄ちゃん、前にその公衆電話気にしてたよね？】

そのメッセージに私は【ＹＥＳ】のスタンプを送る。

公衆電話の噂を最初に耳にしたのは、雪菜ちゃんからだった。私はなにを思ったのか、その公衆電話にひどく興味をもったのだ。

ただふたりには行ったことを伝えていなかった。確かに行ったはずなのに、どうしてふたりに言わずにいたのか、今の私には、その時の私の考えが理解できなかった。

あの頃の私は、やけに雲井駅に通っていたのだけど、当時の記憶を思い出そうとすると、出口のない迷路に突き落とされてしまう。

今になると、あの時の自分の行動を不思議に思うことが多い。それでもその時に感じた心の大きな揺れは今でも鮮明に覚えている。

【え？　安澄行ったことあるの？】

美奈のメッセージにも【ＹＥＳ】のスタンプを送る。それから【ひとりで行ったよ】とメッセージを送る。

私も自分自身でこの答えを探し求めていた。なんで行ったのだろう？

雲井駅の公衆電話にはある電話番号が書かれているらしく、そこにかけると女の人の呻き声が聞こえるだとか、ボックスから出られなくなるだとか、その後ずっと自分のスマホに電話がかかってくるだとか、いろいろな噂が流れている。

私はそんな話を鵜呑《うの》みにするようなタイプではないんだけどな。

美奈は嬉々としながらメッセージを送ってくる。怖い番組はCM中だ。

【えー。番号はちゃんと書いてあった？　電話かけた？】

【本当になにもなかったよ】

曖昧な記憶の渦の中に突き落とされ、ぐっと考え込むように記憶の破片を引きずり出していく。

【十一桁の番号が公衆電話に書いてあったんだけど、そこにかけても生身の人間にしか繋がらないよって言われたの】

メッセージを送るとほぼ同時に番組が始まる。

私は、一度スマホをテーブルの上に置く。冷蔵庫へと向かい、麦茶をコップに注いでからソファーへと戻る。

番組は始まっているはずなのに美奈と雪菜ちゃんからの通知は加速していた。私はふたりの会話を前に戻って追いかけていく。

【言われたって、誰に？】

【え、安澄ちゃんひとりで行ったんでしょ？　誰かいたの？】

【待って、待って安澄、それって幽霊じゃん！　幽霊に会ってんじゃん】

美奈の言葉に、私は胸が大きく波打っていた。

〝幽霊〟という言葉に、心臓が激しい音を立てる。そんな身体の反応から、濃い霧に包まれた記憶の中で、私はなにかを見落としてることに気がついた。

しかもきっとそれは、大切ななにか。

どくどくと心臓が奇妙にざわついている。そんな時に母に名前を呼ばれた。

心を落ち着かせるように、深呼吸を繰り返す。

「安澄」ともう一度呼ばれて、私はソファーから立ち上がった。玄関に行くと、母が棚の片付けをしていた。佳澄の賞状を一枚ずつ壁に掛けている。

「これ、一番上に掛けてくれる？」

私は、賞状を受け取って母の隣に並んで背伸びをする。母は背が低いから私と佳澄は父に似たのだろう。

掛け終わると、母が純粋に感動したように目をきらきらとさせる。高い所に手が届くって、母からしたらすごいことなんだろう。

母は、もう一枚、別の賞状を手に取る。それは私の唯一の賞状だった。英会話教室の先生が手作りしてくれたもので、これしかもっていない私と、佳澄との差に眉をひそめていたこともあった。

「これ、額縁《がくぶち》に入れてくれたのおばあちゃんなのよ」

当時の記憶はもうほとんど残っていないけれど、私は祖母の家からひとりで英会話教室に通っていたことを覚えている。だから、そこでもらった賞状を祖母が額縁に入れてくれたことには納得だ。

「あまりにも安澄がこの賞状を嬉しそうに持って歩くから、破れてしまうんじゃないかって、おばあちゃんが心配したの」

母の言葉に、私は当時の私に向かって笑う。マジックスマイル賞なんて、今見ればへんてこな賞状も、当時の私にとっては金メダルよりも価値があったにちがいない。

するとと、思いふけっていた母は、なにかを思い出したように顔をほころばせた。

「あ、そうだ。安澄は覚えてる？　この賞状の裏側」

楽しそうにそう言って、母が少し埃の被った額縁を裏返す。

「ある時ね、安澄が走っておばあちゃんのお家に帰ってきたと思ったら、鉛筆と家に飾ってあったカレンダーの十二月だけを破いて、また走ってどこかに行っちゃったことがあったんだって」

母は額縁の裏板を剥《は》がすために留め具を一つひとつ取っていく。手を休めることなく母が言葉を紡いでいく。

「そしたらね、しばらくして帰ってきた安澄が大泣きしてて。おばあちゃん、びっくりしちゃって」

最後の留め具を外す。茶色の板をそっと開くと賞状が久しぶりに外の空気に触れる。

「どうしたのって安澄に聞いたら『ちーくん、いなくなっちゃう』って、それしか言わずにずっと泣いてるんだって」

そう言いながら、母が賞状を裏返しにする。

「でもおばあちゃんがこの十三月を見つけて聞いたら、安澄が『ちーくん、十三月に会いに来るって言ったからまたすぐに会えるよね』って」

賞状の裏側には、【あーちゃんの十三がつ】と記されていた。カレンダーを真似たのだろう。鉛筆で書いた下手くそな数字が並んでいる。その下には一からなぜか三十四までの数字が書かれている。ちゃんと月曜日から日曜日まである。

十三月。

その文字に私はひどく動揺していた。私は、なにか、大切なことを忘れているような気がする。

母はくすくすと思い出し笑いをしながら、私の顔を見上げる。

「結局、ちーくんが誰なのか、おばあちゃんもお母さんもわからずじまいなのよ。安澄、覚えてる？」

私は小さくかぶりを振った。

覚えていない。でも、思い出さなきゃいけないと思った。

答えは出そうで出ない。ひどく濁っていて、いくら目を凝らしても答えに該当するような姿は見つからない。

『安澄、俺に十三月をくれて――』

その時、ふといつもの声が脳内に響いた。その声はいつもより鮮明で、それで、続きを放った。

私は慌てて、母から賞状をもらう。

「ちょっと雲井駅に行ってくるね」

驚いた母を置いて、私は家を飛び出していた。

夢の中で見る公衆電話と、雲井駅にある公衆電話が繋がって、この賞状の十三月と、ふと聞こえる男の人の言葉が繋がった。頭は未だに混乱している。

点と点がうまく繋がらない。絡み合った線がより複雑さを増している。

公衆電話がなくなってしまう前に行かなければと思った。なにもわからないのかもしれない。でも、なくなってしまってからではもう遅い。

電車に飛び乗って、雲井駅に向かう車内。そこに近づくたびに、私の心臓はいろんな感情を一気に抱え込んだように激しく動き続けた。

駅に着き、改札を出ると私は変に騒ぎ回る鼓動を落ち着かせるように、深呼吸を繰り返した。

ようやく心が落ち着きを取り戻すと、私は最後に大きく息を吐き出し、駅の前に設置されているポストを眺めた。

たった一度だけこのポストを利用したことがある。

誰になんの手紙を出したのかは覚えていない。でも、誰かのためにポストに手紙を押し込んだことだけは覚えている。

歩みを進めていくと、遠くに公衆電話が見えた。一軒家の敷地から無造作に伸び切った木々に覆われるように、ぽつん、と佇む公衆電話。

雪菜ちゃんの言っていた通り、黄色いテープでボックスの周りが雑に巻かれている。蛍光灯もちかちかと切れかけでどこからどう見ても不気味《ぶきみ》だった。だけど、それと同じくらい私の心は、きゅ、と締めつけられた。

私は、ぺりぺりと丁寧に黄色いテープを剥がし、扉を開ける。ぐるりとあたりを見回すと、緑の公衆電話の受話器の下に黒の油性ペンで十一桁の数字が書かれていた。

その数字を見ても、答えはわからない。

誰も私の記憶の中に姿を現さない。はあ、とうなだれるように深いため息を吐き出し、視線を落とす。その途中に見かけたのは、公衆電話の下に置かれた分厚い電話帳。埃っぽいそれに手を伸ばす。分厚いそれはところどころよれている。ページの端がわざと折られていたり、破れていたりする。

とくとくと脈打《みやく》つ心臓を頼りに私はページをゆっくりとめくった。

私はこれを触ったことがある。使ったことがある。それは、なんのために？

そっとその分厚い電話帳を手に取ると予想外に重たくて手元がぐらついてしまった。

その刹那。ぱさり、と白いなにかが床に落ちた。

視線を落とすとそこには、一枚の白い封筒。

ああ、これか。

そう思って首を傾げる。

今、これを知っている私がいた。でも、これがなんなのかわからない。ただ、既視感だけが奥底でじんわりと広がっていた。

私は電話帳を元に戻し、白い封筒を拾い上げる。

緊張が指先に伝わる。ゆっくりとその封筒を開け、中身を取り出した。

ノートやルーズリーフの紙よりも少し厚みのある紙。大きい紙なのか、何度も折って小さくたたまれている。

広げていくと、その正体はあらわになる。カレンダーだ。黒の数字と、時々、赤と青の数字。数字を縁取る黒い線。そして、すべてを広げて一枚の紙を見た。

それは十二月のカレンダーだった。

だいぶ古くてところどころ年季が入ったようなくすみがある。年号を見れば、私がまだ小学校に入学する前のものだった。

先ほど、母が話してくれた思い出話が一気に脳内を駆け巡る。記憶の扉が必死にその過去を引っ張り出そうとしてあくせくする。

私は、ゆっくりとその十二月のカレンダーを裏返した。息が一瞬だけ、止まる。

【ちーくんの十三がつ】

そう記されていた。私は慌てて自分のポケットに丸めて押し込んだ賞状を取り出す。それを広げる。賞状の裏側。十二月のカレンダーの裏側。そのふたつを、隣同士に並べる。

――安澄、俺に十三月をくれてありがとう
血液が全身を熱く駆け巡る。

ものすごいスピードで記憶の中のパズルが修復されていくように、頭の中にさまざまな記憶がまばらに浮かんでは消え、在るべき場所に戻っていく。

パズルのような、一本のフィルムのような、頭の中の記憶には欠落した部分が確かにあった。

私は、浅くなる呼吸で、その余白《よはく》を埋めるように、一番思いの強く放たれたものを吐露《とろ》する。

「……ゆう、れいさん、好きです……千歳さん」

私の言葉と重なるように、その人の声は私の記憶の一番奥からじんわりと浮かび上がった。

猫みたいで、気まぐれで陽気で飄々としていて、好きな子のために掟を破ってしまうようなそんな、とても優しい人。

『どこにもない十三月だって、今ここにあるよ』

そう言って夜空色の瞳にたくさんの星を詰め込んで、彼は笑った。

私の瞳から、はらはらと涙がこぼれ落ちていた。ただ、ただ、心が喜びに満ち足りたように、彼を求めて嘆き苦しんでいた私が安らかに眠るように、涙の雨が降り注いだ。

公衆電話の配線はすでに切られていた。

私は、震える手で受話器を手に取った。重みのあるそれをゆっくりと耳に押し当てる。そこから聞こえてくるのは、無音だけだった。

思い出すのは、お別れの日の会話。

『……どこにもない十三月、受け取ってない』

『えー、最後にそれ？　まあ、それは奇跡を待ってみようか』

幽霊さん、これが奇跡なのだとしたら、今ちゃんと奇跡は起きたよ。

私は、幽霊さん……千歳さん、あなたを思い出したよ。

受話器をもっていないほうの手を公衆電話に近づける。人差し指を緑から飛び出す銀色のボタンに添える。数字の一をぐっと押すが、音はしない。

私はそれでも構わず、次のボタンである数字の三を人差し指で迷わず押した。

私と彼の間で約束のように交わされた数字は、十三しかなかった。私たちはお互いの誕生日も好きな数字も知らない。でも、十三が私たちの間で特別であったことは私たちしか知らない。

幽霊さんが私と幼い頃に会っていたなんて知らなかった。今だって正直、おぼろげだ。それが千歳さんだってはっきり言ってもらえないと納得できない。

こんな十三月のカレンダーだけで気づいてくれだなんて、負けず嫌いの私にそれで言い逃げしようなんて、ずるい。

だから、どうか、お願い。もう一度だけ、声を聞かせて。

もう一度だけ、彼の声が聞きたい。私たちの名前のない関係に、名前を付けてほしかった。

受話器からはなにも聞こえてこない。唇を噛み締める。それでも諦め切れず、強い力で受話器を耳に押し当てた。

――その時、受話器の奥の奥で、小さなノイズが聞こえた。

耳を澄ました瞬間、いきなりその声は受話器越しに聞こえてきた。

《えっと、俺の声を今安澄が聞いているってことは、掟破りでめっちゃ怒られてるっ

てことだ。うわ、やだな。いやもう、思い出してくれたことは正直嬉しいんだけど。超複雑》

やっぱり彼は、猫みたいだ。私のことなんて笑いながら温かい場所へ連れていってくれる。

「ゆう……千歳さん！」

思わず叫んだ私の声は届くことなく、けらけらと笑う彼の柔らかな声にゆらりと流れて消えた。

私は口元を手で覆って、泣き崩れそうになるのを必死でこらえる。きっとこの声は一方的なものだ。会話ができるわけではない。彼がいつか、どこかのタイミングで残したメッセージだった。

それでも、私の涙の音が向こうに届いてしまわないように、ぐっと息を飲み込んでこらえる。

チカチカと頭上の蛍光灯が残りわずかな命を懸命に繋げる。

彼は、《さて》と声をこぼす。

《俺たちの初めましての話をしようか》

彼の声が優しさを帯びる。これが本当に彼からの最期のメッセージだ。私は受話器を耳に当てたまま、こくこく、と小さくうなずく。

《俺の両親が再婚したってのは、前に話したよな。安澄に会ったのは、ちょうどその時》

再婚の話は千春さんに会った時に聞いた。

彼は、ゆっくりと声のトーンを緩める。こういう時、彼は大抵、私の顔を穴が開くんじゃないかと思うほど見つめてくるのだ。真っ直ぐで優しい瞳に見つめられると、こちらも見つめ返さなければとなぜか躍起《やっき》になってしまう。

《俺も、安澄と同じ英会話教室に通ってたんだよ。歳がちがうから、クラスもちがったけど、時間は同じだった。俺は、母親の再婚で一月に今の家に引っ越すことになって、十二月のその日が最後の英会話教室だったんだ》

あの英会話教室に千歳さんも通っていたことは初めて知った。私は、静かに彼の言葉を自分の曖昧な記憶に埋め込んでいく。

《俺、その頃はすっげえいい子ちゃんでさ。母子家庭で忙《せわ》しない母親にも甘えられなくて、千春のためにもいいお兄ちゃんでいようとして、心のどっかでは親父が戻ってきてくれるんじゃないかとか思ってて。そんな時に新しい父親ができるって話聞いたらもうパニックになっちゃって。でもそれさえもひとりで抱え込んでさ》

穏やかな笑い声と共にこぼされる言葉たち。

《英会話教室が終わったら母親が迎えに来るから、その前に逃げ出したんだ。逃げ出した時点でいい子ちゃん終了ね。英会話教室を辞めたくもなかったし、新しい父親にも会いたくなかった。とにかくどこでもいいから逃げ出したくてたまらなかったんだ》

あっけらかんとそう言い放った千歳さんの声に、私は小さく笑う。もう、電話の向こうに彼はいないのに。

きっと彼は、私が彼の過去に胸を苦しめることを予測していたのだ。だから気が紛れるような冗談を言って、笑わせようとしてくれた。

《その時に、雲井駅のこの公衆電話を見つけた。誰かに助けてって電話しようにもお金がない。周りに人もいない。だいたい助けてって電話をできる人がいない。まるで世界からひとりぼっちにされた気分だった》

彼の言葉に周りを見回す。もちろん、もう千歳さんはいない。ただただ、静かな夜がいつまでも続いているだけだ。

《そんな時に安澄と会ったんだ。嬉しそうな顔をして賞状片手に、公衆電話の前でうずくまる俺に話しかけてきた。俺は泣きながら『一月になったら僕はもうここにはいられないんだ』って初めて誰かに弱音を吐いた》

少しずつ、過去の記憶を象ってパズルのピースそのものが作り上げられていく。確かに私は雲井駅のこの辺を歩き回っていた。英会話教室から、祖母の家の間にこの公衆電話があったのも事実だ。

《そしたら安澄はなにを思い立ったのか、いきなり走ってどこかに行ったかと思ったらカレンダーと鉛筆を持って戻ってきたんだ。『十三月を作っちゃえばいいんだよ』って真剣な顔でそう言って、俺のために一生懸命十三月を作ろうとしてくれたんだ》

昔の私はずいぶんと天真爛漫《てんしんらんまん》だ。そう客観的に思いながらも、少しずつ、過去の記憶が頭の中で修復されていく。

夢の中と近い。やっぱりこれは、ずっと過去を思い出そうとしていたんだ。

《泣いている俺に『あずみのみーはニコニコのみー』ってわけわかんないこと言って笑わせようとしてくれてさ。賞状にAzumiって書いてあったからすぐに名前のことだってわかったけど、なんか俺、気が抜けちゃって、気づいたら安澄につられて笑ってた》

大きな瞳の縁に光る涙の破片。苦しさを隠すように中途半端に上がる口角。一瞬、千春さんの泣き顔が思い浮かんだ。

あの時、私は一瞬でも、あの顔を懐かしいと思ったのだ。それが今、少しだけ細い糸となって、過去とあの瞬間を繋ぐ。

記憶の奥底で、幼い私が見つめている子がいる。私はただ単純に、目の前の男の子に笑ってほしかったのだ。

千歳さんが、低い声を、じっくりと私に繋いでいく。

《俺が英会話教室に帰るのも一緒についてきてくれて、他の子たちに『十三月なんてない』ってバカにされて大泣きする安澄に、俺は『十三月に会いに行く』って約束したんだ》

「あっ」

その時、私にははっきりと涙の先で、私に笑いかけるひとりの男の子の笑顔が見えた。茶色っ毛の強い髪に、猫のような大きな瞳。

泣きじゃくる私に目線を合わせて、彼は、優しく笑った。泣かないでなんて言わなかった。

それが、私の知っている初めてのちーくんで、千歳さんだった。

《それからは俺は俺らしく呼吸ができるようになった。誰かの前で泣いても、甘えてもいいんだって思えたから。安澄が十三月をくれたから、俺は変われたんだよ》

彼は、一生懸命、私に最期のメッセージを届けようと声を紡いでいく。

彼と過ごしたいろんな日々が色鮮やかに脳内に流れていく。彼の笑った顔、苦しそうな顔、無理をしてでも笑顔を浮かべる顔、困ったように眉を下げて笑う顔、淡々とした無表情な顔。

《俺にとって十三月は〝感謝〟そのものなんだ》

彼の思いが真っ直ぐに私に注ぎ込まれる。私は、一つひとつ、彼の言葉を飲み込みながら、胸に刻むように目を閉じる。

彼はいつだって命に誠実だった。私にぶつけた嘆きの声だって、自分よりも、生きている私を思っての言葉だった。

私に生きているという証拠をたくさん教えてくれた。それは、当たり前にあって、だからこそ見逃してしまうような、ちっぽけでささいで、でもかけがえのない大切なものだった。

当たり前の裏側に感謝は存在している。

それが千歳さんのすべてで私にくれたものだった。

《どこにもない十三月をきみにもらって俺は、幸せが見えるようになったんだよ》

ありがとう、と千歳さんが柔らかな声でささやいた。

私は首を振る。もらったのは、私のほうだ。千歳さんと出会うことがなかったら、私はありふれた幸せに気づくことなんてできなかった。

《……安澄、俺を好きになってくれてありがとう》

少しだけ照れを挟み込んだように、掠れた声をこぼす千歳さん。私も恥ずかしくなって、それでも彼の言葉が嬉しくて緩む頬を抑えるようにぐっと口元に力を込めた。

さっきよりもノイズ音が強くなる。もうすぐこの公衆電話はただの公衆電話に戻ってしまう。

本当に、千歳さんとの日々に終わりが来る。
彼がすっと息を吸い込んだ。私は身構えるように、きゅ、と唇を噛み締めた。
《あ、そうそう。それからもういっこだけ》
気まぐれに、声の調子をひっくり返した千歳さん。私が、その不意打ちに頭の整理ができる前に。

《好きだよ、安澄》

ころり、と鈴を落としたように甘い響きが落とされた。あまりにも突拍子もなく、呆気なく、千歳さんらしくて、私は、口をあんぐりと開けた後――。

お腹を抱えて笑ってしまった。こんな告白って、ずるい。一生、忘れられないじゃないか。

千歳さんの最期の優しさだった。

《安澄、さよなら》

いつも通りの千歳さんの穏やかな声。

それは、学校の帰り際に必ず言うような簡単な言葉の響き。

でも、私たちにとっては、おはようを迎えることのないさよならだった。

「……さよなら、千歳さん」

しばらくして、ノイズさえも聞こえなくなった。ボックスの外から蝉の鳴き声が聞こえて、すぐ後に、カエルの鳴き声も聞こえる。

私は、ただ黙って、公衆電話を出ると、黄色いテープをもう一度、丁寧に貼りつけた。大きく息を吸い込んで、笑顔で公衆電話を見つめる。

「ありがとね」

それだけをこぼして振り返り、雲井駅に向かって歩きだす。

もう、振り返らない。振り返る必要なんてない。さよならをしたから。もう、前に進みだしたから。


彼との時間は夢のようなものだった。私たちの関係を証明してくれる人はいないし、いずれ公衆電話も撤去されてしまうのだろう。

もう、千歳さんはどこにもいない。

身体の中いっぱいに酸素を取り込むように深呼吸をする。

――精一杯生きよう。生きていることは当たり前なんかじゃないから。

無意識に見上げた空は、深い紺色に無数に輝く星たち。

小学生の頃にさんざん星座の勉強をしたはずなのに、ただの星にしか見えない。

それでも、なにもない星に楽しみを見出そうとする昔の人たちを素敵だなと思った。
私が今、夜空に広がる星を見つめて、思い浮かべるのはたったひとり。
夜空色の瞳に、たくさんの星を詰め込んで、私だけを映し出してくれた、そんな人。
どこにもない十三月を私に、届けに来てくれたのは当たり前の裏側にいた幽霊さん。

いつかまた、私はどこにもない十三月をきみに、届けられるだろうか。

Fin.

あとがき

本作をお読みくださり、また、あとがきにも目を通してくださりありがとうございます。灰芭まれと申します。

『どこにもない十三月をきみに』は、前作のあとがきがきっかけで生まれました。温かいお言葉でそのきっかけを下さった担当さま、物語に行き詰ってしまった際に親身になって寄り添って下さった担当さまに心から感謝いたします。

そして何よりも今こうして本作を手に取って下さった、おひとりおひとりの方々に感謝の気持ちでいっぱいです。本当にありがとうございます。

どこにもない十三月を皆様にきちんとお届けできたかどうかそわそわしておりますが、皆様の日常の中に安澄や幽霊さんがちょこっとでもお邪魔させていただけたことが嬉しいです。

もしも、本作を読んで下さった方の中で、いつもの景色がほんの一瞬でも違って見えたと思ってもらえることができたら、とても仕合わせです。

美しい表紙で本作に輝きを添えてくださったやぎこ先生、いつも寛大な心で何でも受け入れてくださる飯塚さま、中澤さま、森上さま、そして読んで下さる皆様、本当にありがとうございます。

本を通して、皆様とのご縁が結べることが私の何よりの喜びであり、奇跡であり、書くことの活力になっております。

最後に、わがままで申し訳ありませんが、お読みくださった優しい皆様にお願いがあります。

このあとがきのページのあとに続く、本作を作り上げてくださった方々のお名前にも目を通していただけたらなと思います。一冊の本が、たくさんの方々のもとで成り立っていることを、直接その目に映してもらってから本を閉じてくださると有り難いです。

皆様とのご縁に心から感謝し、恩返しできるようにもっともっと精進いたします。

最後までお付き合いいただき、ありがとうございました。

宝物の皆様に、愛を込めて、
どこにもない十三月をきみに。

二〇一八年七月　灰芭まれ

この物語はフィクションです。実在の人物、団体等とは一切関係がありません。

灰芭まれ先生へのファンレターのあて先
〒104-0031　東京都中央区京橋1-3-1　八重洲口大栄ビル7F
スターツ出版(株) 書籍編集部 気付
灰芭まれ先生

どこにもない13月をきみに

2018年7月28日　初版第1刷発行

著　者　　灰芭まれ　

発 行 人　松島滋
デザイン　西村弘美
D T P　久保田祐子
編　　集　飯塚歩未
　　　　　中澤夕美恵
発 行 所　スターツ出版株式会社
　　　　　〒104-0031
　　　　　東京都中央区京橋1-3-1　八重洲口大栄ビル7F
　　　　　TEL　販売部　03-6202-0386（ご注文等に関するお問い合わせ）
　　　　　URL　http://starts-pub.jp/
印 刷 所　大日本印刷株式会社

Printed in Japan

ISBN　978-4-8137-0501-7　C0193